原本陰沉的我要向青春復仇

慶野由志

插畫 たん旦

4

和那個
天使般的女孩一起
Re life

Kadokawa Fantastic Novels

CONTENTS

序幕

在這個灼熱的夏天創造最後的回憶

序幕
在這個灼熱的夏天創造最後的回憶

我——新濱心一郎是一名時間旅行者。

為什麼會發生這種事實在是個謎……我整個人就在持有原本意識與記憶的情況下，從三十歲回到高中二年級。

然後這樣的我目前正懶散地躺在自家客廳的沙發上。

現在是暑假，我正在享受極為平穩的日子。身為在加班中過勞死的前社畜，這長達一個月的假期確實令人懷念而且感觸良多。

（暑假真是太棒了……出社會之後，在退休之前都不可能有這麼長的假期了……）

在內心這麼呢喃著，同時茫然望著盛夏的窗外。

被太陽烤著的地面升起水蒸氣，藍色天空中有一大片積雨雲。車水馬龍的聲音與蟬叫聲混雜在一起，醞釀出一股無可比擬的「日本的夏天」氣氛。

「話說回來，真不敢相信……不久之前才跟紫条院同學一起在這張沙發上睡著……」

回想起來的，是前一陣子我心儀的人，也就是紫条院春華在我家裡度過一夜時的事情。

因為成災的豪雨，紫条院同學為了緊急避難而決定在新濱家過夜——

（真的是很充實的一天……首先是在浴室發生事故，然後一起做晚飯……晚上在這張沙發上聊各種事情直到深夜，最後兩個人不小心就這樣睡著……）

紫条院同學的美貌別說是全校第一了，我甚至認為即使在全世界也能排進前五名。

她有著宛如寶石般閃亮的大眼睛、如同光亮絲綢般的黑髮、極為豐滿的雙峰、呈黃金比例配置的眼鼻，以及又白又光滑的肌膚——可以說一切都很美。

而且不只是容貌，她連心地都相當美麗。非常地溫柔且天真無邪，有時還會展現天然呆的一面，可愛到讓人想緊緊抱住她。

跟這樣的少女共度一宿的記憶，現在也像是甘甜美酒一樣為我帶來酩酊感以及發熱的感覺。

一想起兩個人在下雨的夜裡平靜地聊天，之後又蓋著同一條毯子迎接早晨的事情，我的臉頰就滾燙到像要噴出火一樣。

（紫条院同學的爸爸時宗先生到這裡來接人的時候，幸好我跟紫条院同學同衾這件事沒有穿幫……那個熱烈疼愛女兒的人要是知道了，不曉得會出現什麼樣的反應……）

腦海裡浮現過去在紫条院家對我發動壓力面試的那個小孩子氣大公司社長，我不禁暗暗捏了一把冷汗。

序幕

在這個灼熱的夏天創造最後的回憶

只不過，同衾一事雖然沒有被發現，我對紫条院同學所說的「下次約妳出去玩」宣言卻完全被聽見了，根據之後來自紫条院同學的訊息，對方似乎憤慨地說著「那個小鬼頭——！竟敢在我面前約春華，真是好大的膽子……！」。

雖然紫条院同學似乎對父親的這種態度感到很抱歉，但我倒是不怎麼在意。

因為我很清楚，那個人要是真的認為我是什麼不正經的傢伙，絕對不可能只是做出那麼和平的「抱怨」。

說到底，那個溺愛女兒的社長根本沒有真正地生氣。

這樣的想法或許有點老派，我甚至覺得企圖奪走她女兒的我，承受一定程度父親的憤怒才合乎禮儀。

（之後讓我真正感到焦急的反而是紫条院同學……）

紫条院同學很感謝在那樣的豪雨中讓自己住下來的新濱家，甚至表示之後會前來好好地表達謝意。

這當然是很歡迎……不過她還做出「尤其是累積了許多必須跟新濱同學道謝的事情！因此有沒有什麼需要我幫忙的地方？只要是我辦得到的，我什麼都願意做！」這種破壞處男腦袋的發言，讓我整個人羞紅了臉。

是啦，在過夜之後我們也像這樣用簡訊或者電話來聯絡，不過——

「…………又想跟紫条院同學見面了。」

明明已經藉由過夜補給了大量原本快枯竭的紫条院同學養分（對我而言是跟紫条院同學接觸就能補充的活力來源），之後過了不到一個星期就又需要補充了。

老實說，自己對於紫条院同學的愛慕之意實在太過濃烈，連自己都有點感到傻眼。距離暑假結束還有一段日子，在新學期開始前都無法見到她確實是件相當痛苦的事。

而更重要的是……還有另一件令人感到鬱悶的事情。

「…………真的可以讓第二次的高二暑假就這樣結束嗎？」

上輩子高中時代的暑假，完全是「不用去煩人的學校，能夠盡情玩遊戲！」的時間。雖然那絕對也是很快樂的一段時間……但我的內心其實很渴望某件事。

就像漫畫或者輕小說所描寫的那樣，洋溢著青春的某個時刻。

符合高中生身分，年輕、火熱且能留下深刻印象的夏天。

之前的過夜事件雖然大大地滿足了我想對青春復仇的心情……但是正所謂欲深谿壑，我的內心仍感到不滿足。

應該說，名為夏天成分的東西完全不夠。

想跟紫条院同學見面。想跟她見面然後聊聊天。希望有一個又同時可以滿足我對夏天憧憬的事件……抱持著這種願望的我陷入沉思當中。

序幕

在這個灼熱的夏天創造最後的回憶

「嗯？我在想什麼……『希望有一個事件』？」

這個浮現在腦海裡面的思考，讓我忍不住出聲吐嘈了自己。

因為那正是我在前世「夢想一切能夠像隨心所欲的Gal game那樣只要等待」的模式。

雖說前陣子才剛發生過妹妹香奈子把紫条院同學帶回家這種前世沒發生過的幸運，不過那是我持續採取跟前世不同的行動後偶然發生像是Bug般的事象。期待會再次發生本身就是一種錯誤。

（夠了，我怎麼能忘記積極進攻的態度……！說起來，不是才剛跟紫条院同學說過要約她出去玩嗎！為什麼不好好把握馬上就能實現這個承諾的機會呢！）

我自覺自己的陰沉本性又露出臉來了。

明明對紫条院同學說了「下次由我約妳出來玩」的預告，卻在下意識中對自己做出「前幾天才剛發生過夜的事件，這麼急著邀約可能會造成困擾……」的藉口來將邀約延期。

明明只是自己沒有做好主動對她提出邀約的決心。

「不行不行，哪能因為夏日慵懶的心情而只是空等待……！明明知道光是在旁邊觀望，能夠獲得的最多就只有後悔！」

沒錯，只是等待的話什麼都不會開始。

因此我應該計劃能夠有效活用剩餘暑假的「某種活動」才對。

（不過什麼樣的活動才好呢。雖然想約紫条院同學做些符合夏季氣氛的事情，但具體來說是怎麼樣的……嗯？）

突然把視線移向一直開著的電視，就看到正在播放很有夏季氣氛的海邊特輯。

畫面上依偎在大遮陽傘底下的情侶，在沙灘邊ＢＢＱ嬉鬧的大學生集團等等真是令人非常嫉妒。

（話說回來……紫条院同學好像很喜歡這種一群人熱熱鬧鬧的氣氛……）

她表示過很喜歡的假日祭典，跟電視上沙灘的氣氛十分相似。混雜且充滿庶民氣息，雖然有點混亂卻充滿活力，熱辣的太陽、灼熱的沙灘，漂浮在一望無際藍海上的眾人。

（海邊……約紫条院同學和班上的朋友一起去海邊……！這點子不錯，太棒了！）

雖然也浮現兩個人去海邊的選項，但這對於尚未交往的現在來說還太早了，也不可能得到父母親的允許。

何況紫条院同學喜歡的是大家一起熱熱鬧鬧的氣氛。

「好，目的地決定了！那麼先約紫条院同學看看吧！」

為了幫即將結束的夏天創造最棒的回憶，我幹勁十足地拿起手機——

……然後在無法按下手機通話鍵的情況下度過不知該如何是好的二十分鐘。

「啊啊啊啊啊真是的——！我到底在害怕什麼啊啊啊啊！」

序幕

在這個灼熱的夏天創造最後的回憶

面對放在桌子上的手機，我因為自己的膽小而大叫了起來。

但是仔細一想，上輩子我其實連跟男性朋友之間都不曾主動提出過到哪裡去玩的企畫。

結果現在卻要約心儀的女孩子去海邊，這門檻一下子就提升超級多。

（不過……又不是只有我們兩個人自己去海邊，只不過是說句大家一起去海邊玩啊！就是這樣才會老是被香奈子笑說老哥這個處男！）

從剛才開始就不斷想要打電話給紫条院同學，但每次顫抖的指尖在觸碰到通話鍵時就停了下來。

自己也覺得實在是太丟臉了。

但就算是這樣，還是不能在這裡就挫敗。

像這種時候……就要回想起那個。上輩子為了死都不想打的電話而擠出勇氣的那個時候……！

（像是打給執拗索賠者傳達「無法因為這樣的理由交換商品」的電話，或者打給喜歡發飆的上司詢問「抱歉在休假時打擾您。因為發生相當緊急的問題，我們實在無法解決，可以請您告訴我系統管理者的ＩＤ嗎……」這樣的電話。那真的是一種煎熬……）

因為幾乎可以確定會承受「沒禮貌的傢伙、沒用的東西、無能、垃圾」等等汙言穢語的暴風。關於電話真的沒有什麼太好的回憶。

（跟那些比起來，與心儀的女孩子講電話到底有什麼好怕的……？好了，要上嘍！我要約紫条院同學去海邊啊啊啊啊！）

就這樣，用平常的社畜式打氣法，也就是以過去慘痛的經驗為助力，為自己的心灌注勇氣來驅動自己——我終於按下了通話鍵。

我不是第一次跟紫条院同學通電話了。

但是電話鈴聲嘟嚕嚕響著……在心儀的女孩接起電話前的短暫時間裡，總是會有讓意識變僵硬般的緊張和些許甘甜的期待。

「喂喂！是新濱同學嗎？」

「嗯……嗯嗯，是我。抱歉突然打電話給妳。」

紫条院同學接電話的速度比想像中快許多。

銀次經常揶揄我是戀愛腦，也難怪他會這麼說啦。

因為耳朵光是接觸到那道銀鈴般的聲音，就出現了如此幸福的感覺。

「不會啦，我完全沒有問題……今天怎麼了嗎？啊，難道……是想到要如何使用我之前為了道謝所說的『可以命令我做任何事情的權利』了嗎？」

「不是啦！應該說我可不記得曾經接受過那麼恐怖的東西！」

別用那麼開朗的聲音說出那種會引起戰爭的話……！

講話的口氣好像是什麼「免費捶肩膀券」，但那完全是核彈喔！

「那麼，剛才提到為了什麼事情打電話過來對吧……那個，其實是我想邀請妳……」

「？」

冷氣明明開著，我卻因為緊張而汗如雨下。

因為約女孩子去海邊這種事情是現充中的現充才能做的禁忌行為。實在太不適合走過陰沉人生的我了。

但是——就算再不適合我的個性，就算心臟像是馬上就要從嘴裡跳出來，不先把自己的願望說出口就不會有任何開始。

「那個……之前不是說過要約妳出去玩嗎？我想事不宜遲，計劃找大家一起去海邊，不知道妳願不願意參加呢？」

「咦……」

「也約筆橋同學和風見原同學。啊，還有只有我一個男生的話會有點尷尬，所以我也打算找銀次去。」

一口氣把為了不讓自己吞吞吐吐而事先寫好的內容全部說完。

能夠像呼吸一樣把這種讓人心跳加速的台詞說出口的花心男們，到底有著什麼樣的精神構造。是個性比氫氣還要輕浮嗎？

「當……當然，如果很忙的話也不用勉強——」

「我要去！日期是什麼時候？要去哪裡呢？啊啊，也得調查天氣才行吧……！」

「咦！那……那個，是真的嗎？」

「什麼是真的嗎……難道是騙我的嗎？」

「沒……沒有，百分百認真的……」

「啊啊，那太好了！差點就因為空歡喜一場而流眼淚！」

雖說原本就選擇了紫条院同學應該會喜歡的情境，不過真的沒想到她會高興到這種地步。交換信箱時她也表現出極為高興的模樣，感覺這次又比當時更加興奮。

「呃，沒想到妳會這麼高興，我現在有點嚇到了……」

我跟紫条院同學確實變熟了，而且我也做出要約她出去玩的承諾。

話雖如此，男孩子邀約前往海邊是跟約去唱歌或者喝咖啡的次元完全不同，是相當熟的人才會做的事。

原本以為就算是天然呆的紫条院同學也會覺得困擾……

「當然很高興了！是海邊喔海邊！能跟新濱同學還有大家一起去海邊，簡直就像是在作夢一樣！」

宛如爸媽答應要帶自己去遊樂園的小孩子一樣，紫条院同學的聲音裡充滿著無邪的喜悅。

序幕

在這個灼熱的夏天創造最後的回憶

「因為……我以前都沒跟朋友一起做過符合夏天氣氛的事情。」

紫条院同學就像對自己露出苦笑般這麼說道。

「從小時候就一直是這樣了。雖然曾經跟家人還有傭人們一起去放煙火或旅行，當然那也很開心……不過該怎麼說，那是跟家人共度的平穩夏天，不是跟朋友一起出遊的閃耀夏天。」

「噢，嗯，這我能夠理解。」

跟家人一起度過的時間與跟同年齡友人一起度過的時間完全不一樣。

尤其是後者因為看起來特別耀眼，才會讓人帶著讚美之意稱其為青春。

「尤其是跟朋友一起去露營或者海邊，我從小就經常聽到這些事情，現實中卻完全無法體驗……我對那樣的情境相當憧憬！」

聽見她興奮的聲音後，可以清楚地知道在電話另一頭的她正露出笑容。

如果現在是智慧型手機的時代，就能利用隨手可得的視訊通話來看見她可愛的臉龐了，真讓人覺得有點遺憾。

「所以……謝謝你邀我！我只會對這種事情感到憧憬，完全沒有主動向周圍的人提案的勇氣，你能夠邀我真是讓我太開心了！」

「紫条院同學……」

雖然是有生以來首次約女孩子出去玩，能夠讓對方直率地表達出如此欣喜的態度，我自己也十分感動。明明還沒去海邊就已經感觸良多了。

（前世我擅自認為紫条院同學是現充……不但是有錢人而且很受歡迎，擁有許多朋友，絕對是盡情地享受著青春生活……）

但是隨著跟她心靈的距離拉近，開始可以看到至今為止不清楚的各種面向。

像是她也跟我一樣持續憧憬著跟同年代的朋友前往海邊，還有存在只要想辦法，連我都能夠跟學校第一美少女一起去海邊的未來……前世的我完全不知道這些事情。

「能鼓起勇氣……真是太好了……」

「咦？」

「噢，沒什麼啦。那麼我也約其他人看看。關於時間地點，擬好之後計畫再跟妳商量。」

「好的！不嫌棄的話請盡量找我商量計畫吧！那麼先這樣了！」

聽她這麼說後，我就結束了十幾分鐘的通話。

把摺疊式功能型手機放在桌上接著眺望客廳，當然我周圍的光景沒有任何變化。

窗外跟剛才一樣是一片夏日風景，空調也同樣努力地吹出冷風來降低客廳的溫度。

沒錯，眼睛能看到的世界沒有任何變化。

但是——我內心的小宇宙已經發生革命。

「太棒了啊啊啊啊啊啊啊啊啊啊啊啊啊啊啊啊啊啊啊啊！海邊！要跟紫条院同學去海邊了

序幕

在這個灼熱的夏天創造最後的回憶

「喲————！」

把在電話裡好不容易保持住的冷靜完全丟棄，我隨著握拳的勝利姿勢一起大叫。應該說這種情況怎麼可能冷靜得下來。跟心儀的人一起去海邊在我心中完全是戀愛喜劇漫畫限定的事象，已經有一點接近虛構了。

但是下定決心後只靠一通電話就實現了。

這當然是這輩子不斷累積努力才能有這樣的成果，同時也是跟前世一樣害怕被拒絕與失敗而徹底「等待」的話，絕對無法獲得的積極進攻所帶來的戰果。

「嗯，既然是大家一起去，應該不會發生什麼跟紫条院同學接近的事件，不過這次只要能一起在海邊度過一段時間就可以了！嗚呵呵呵呵！心情太好了啊啊啊啊啊！」

得意忘形的我大聲地這麼自言自語，同時像小學生那樣不停地跳著開心的舞蹈，完全變成一個傻瓜了。

「腦袋瓜熱到變成湯豆腐了嗎，老哥……？」

而這樣的奇行就一直持續到發現不知道什麼時候站在客廳入口，以冰冷眼光看著我的香奈子才結束。

第一章 克服前往海邊之前的難關

紫条院同學欣然答應之後，我就對其他人傳送了大意是「大家一起去海邊玩吧！」的訊息來提出邀約，結果筆橋、風見原以及銀次三個人都出現立刻打電話過來這種超乎想像的反應。

「海邊！嗯，要去要去絕對要去！我最喜歡海了而且大家一起去真是太棒了！哎呀，話說回來，竟然想到要約春華去海邊，新濱同學也很有一套嘛！啊哈哈，學校的男孩子聽到了可能會嫉妒到流下血淚喔！」

「虧你知道要約我……！要是丟下我的話，我就要詛咒你們這些被曬傻又得意忘形的現充了。什麼？有沒有空？呵呵，沒男朋友而且朋友也很少的女孩子當然有空啦。你是故意調侃我嗎？」

「哦，咦……？海……邊？哈哈，你是Gal game玩太多了吧，新濱。跟班上可愛的女生去海邊這種情境怎麼可能會出現在現實世界……咦，真假？咦，不是，等一下！我這種人真的可以一起去嗎？」

雖然對於每個人熱切表示願意參加（尤其是風見原跟銀次）的態度感到有些驚訝，但同時

也產生了欣慰的感覺。

看來對海邊有所憧憬的不只有我跟紫条院同學，因為大家都對這個充滿青春活力的休閒活動的邀約發出了相當興奮的聲音。

然後自然就負起幹事責任的我，從那一天開始就變得相當忙碌。

不過幸好家裡有我國中時存零用錢買的電腦，靠這台令人懷念的電腦，我其實沒有太過辛苦。尤其是這個時代已經存在某巨大ＩＴ公司的地圖服務，真的幫了我很大的忙。

（不過……跟好朋友還有心儀的女生一起出遊，竟然會如此令人雀躍……）

面對以對未來人來說運作相當緩慢的電腦，我茫然這麼想著。

前世被上司把員工旅遊的計畫完全丟給我時，真的費盡心思閃躲上司們「這麼遠太累人了」「旅費太貴了」「竟然沒有卡拉ＯＫ，你是在開玩笑嗎？」「喂，無限暢飲沒有無酒精啤酒喔！是在諷刺被醫生阻止喝酒的我嗎！」等等的不滿，不要說慰勞了，我都差點因為神經衰弱而倒下去。

但是這次朋友們都為了我的企劃而感到開心，這也令我相當高興。為了大家調查各種事情的作業一點都不辛苦，甚至還感到興奮。

這是完全未知的體驗，也是前世未能經歷過的事情。

（我真的錯過許多事情呢……）

確實地感受著自己是在多麼寂寞的情況下結束上輩子，同時再次感謝第二次的人生這樣的奇蹟，以及在這個過程中跟我變熟的朋友們。

而這種熱烈的心情又讓我作業的效率越來越好——最後計畫很快就完成了。

然後當完成所有準備，感覺應該萬無一失的時候——

我就接到了聯絡，表示有阻礙我們前往海邊的問題發生了。

＊

紫条院家——不用說也知道是紫条院同學的老家。

她的父親是全國連鎖書店的社長，當然自宅也跟一般人不一樣，以超絕的寬敞與華美為傲。

我之前也在紫条院同學的招待下來過這裡……

（……沒想到這麼快就又來到這座宅邸……）

在紫条院家客廳的一區（客廳本身實在太大了，只能這樣形容），我在內心這麼呢喃著。

坐在摸起來手感舒服到難以置信的地毯上，我一邊往上看著高到不可思議的天花板一邊擦拭著一抹汗水。

第一章

克服前往海邊之前的難關

再次來到心儀少女的家裡固然感到很高興，但待在這個日本屈指可數的富豪家中還是讓人相當緊張。

說起來這是完全出乎意料的事態。

我是在前天接到有問題發生的聯絡，接著紫条院同學就打電話給我，然後決定再次前往紫条院家——

「嗚咿——太厲害了……真的是豪宅的感覺……事到如今才再次體認到春華真的是大小姐……」

「這真的是……光客廳的面積就是一般家庭的四五倍。身為超級平民的我，快要被飄盪在這裡的富豪氣息壓扁了。」

認識的兩名少女從我左右兩邊發出感嘆的聲音。

一個是短髮的元氣少女，筆橋舞。

另一個是超我行我素的眼鏡少女，風見原美月。

隸屬於田徑社的筆橋因為沒有心機且開朗的個性而受到男生的歡迎，加上她健康美少女的容貌，是很容易造成「那傢伙是不是喜歡我？」錯覺的類型。

至於風見原，該怎麼說呢……總之就是我行我素，還有像大叔的一面，屬於不可思議類型的女孩子。但只要不開口，看起來就像充滿謎團的文青風眼鏡美少女，算是一個外表與內在差異相當大的人。

「啊哈哈，爸爸也說過這個房子剛蓋好的時候待在裡面一直靜不下來。不過現在好像很中意就是了。」

面對做出跟過去的我同樣感想的兩名女性友人，紫条院同學苦笑著這麼回答。

我們之所以會來到這座宅邸，是作為前往海邊的前哨戰而來紫条院家玩——當然並非如此。

事情的開始是提到要去海邊玩的兩天之後，筆橋跟風見原突然跟我聯絡。

「不過……聽到筆橋同學跟風見原同學的雙親不允許妳們去海邊時真的嚇了一大跳，沒想到理由竟然是完全沒有做暑假作業……」

一個男生跟三個女生聚集在桌子前面，微微感到不知所措的我，把視線移到作為這次聚會原因的筆橋跟風見原身上。

暑假已經完全到了後半段，幾乎沒有動過暑假作業的妳們到底……

「啊哈哈……哎呀，真的很抱歉！暑假期間我一直在練習田徑，不然就是跟社團的朋友出去玩！爸媽對到了高二暑假都還沒有用功念書的我大為光火，於是命令我至少要把暑假作業好好寫完！」

「呵呵，我的話呢，雖然躲在家裡沉迷於網路與少女遊戲這樣的要因有所不同，但爸媽發

飆的理由倒是一樣。即使說了暑假最後一天會一次全部完成，他們還是不聽。」

「只能說妳們兩個都是活該……」

面對尷尬地說完的筆橋還有不知為何露出驕傲表情的風見原，我說出內心真正的想法。

到了高中二年級，做父母的總是會希望小孩該決定將來的出路了。

結果不要說用功了，連暑假作業都沒做的話，也難怪父母親會抱怨不已。

「不過呢，真的很謝謝妳為我們提供解決暑假作業大會的會場，春華！完全沒想到會是以這樣的情形來春華的家裡就是了！」

「啊哈哈，我自己也還沒有全部寫完，所以也剛好趁現在完成。反倒是能藉這個機會邀妳們到家裡來玩真是太好了！」

面對表達感謝之意的筆橋，紫条院同學以發出百分之百善意光輝的笑容這麼回答。

「邀朋友到家裡來開讀書會然後解決暑假作業……！這也是輕小說裡經常看到而且讓我很是憧憬的情境！所以我反而因為能夠有這樣的時間而感到很開心喔！」

正如紫条院同學所說的，她因為這次召開的暑假作業讀書會而顯得相當興奮。

跟她越來越熟之後得知的是，紫条院同學很喜歡漫畫或者小說裡面「常見」的事件。

因此像這樣為了跟朋友一起去海邊而完成暑假作業——她反而會因為這種老套的狀況而感到開心。

（……明明只過了一個星期，還是會讓人看得入迷……）

自從前陣子在我家過夜之後，一直到今天才又見到她。

今天是在她自己家裡，所以穿的是比之前見面還要居家的服裝，因為布料比較薄，讓她曲線畢露然後也露出大片手腳的肌膚，這實在讓人有點心癢難熬。

每當她顯露出感情，烏亮的長髮都會輕輕搖晃，她漂亮的眼睛也因為招待許多朋友到自宅而閃爍著喜悅的光芒。

光是看見她那種天真無邪的笑容，我就確實感覺到自己又有了活力。乾枯的心靈慢慢得到了滋潤。

這名秀麗少女的側臉，正是給我愛戀的心帶來滋養的最大恩惠。

「但是……連我都找來真的沒關係嗎？混在女孩子的聚會裡面好像有點尷尬……」

順帶一提，前往海邊的成員裡面雖然有可以說是我唯一一個男性朋友的山平銀次，但那個傢伙沒有參加這次的暑假作業讀書會。

好像是他參加的電腦社有聚會，不過就算沒有，他也表示「如果是海邊那種開放性空間，就還可以當你的跟班，但在那樣的密閉空間裡被女孩子包圍，我哪受得了啊！」。

「別這麼說，新濱同學是最需要待在這裡的人！因為不管怎麼說，新濱同學都是最會指導別人功課的人！」

第一章

克服前往海邊之前的難關

放暑假前被我輔導功課的紫条院同學，以完全信賴我的模樣這麼表示。

「嗯，如果完全照抄春華的作業……暑假結束後的考試確實會有點不妙……」

面對幾乎是白紙的暑假作業，筆橋像是感到很痛苦般嘆了一口氣。

我們學校在暑假結束時都會舉行小規模的測驗，考的幾乎都是把暑假作業稍作修改的題目，所以對認真寫作業的學生來說都不會太困難。

因此平均分數也會提高……所以要小聰明照抄同學作業的傢伙成績將會比周圍的人更差一些，常常都得面臨接受補習的命運。

「是啊，都是女孩子的話很可能從頭到尾都在聊天。現在獻上讓我們這樣的美少女包圍的好處，今天就請你努力地教我們如何解題吧，新濱同學。」

這傢伙，竟然說自己是美少女……

不過……紫条院同學就不用說了，妳跟筆橋也是擁有足以擔任連續劇女主角的漂亮容貌就是了。

「嗯，這件事情我當然願意幫忙。只不過——」

我瞇起眼睛把視線朝向筆橋跟風見原，兩個人抖了一下然後就僵住了。

「我絕對想跟大家一起去海邊，所以會全力指導。只有今天一天的時間，妳們兩個人最好有所覺悟。」

「咿……咿！等……等一下，新濱同學！你的眼神好恐怖！」
「啊，這下糟了。這個男人因為想跟春華去海邊，眼神變得很認真。」
我對這個事關能否去海邊的案件做出不惜使出斯巴達教育的決心，結果看著我的筆橋跟風見原就一起發出膽怯的聲音。
但事到如今才感到害怕已經太遲了，說起來都是偷懶沒寫作業的妳們不好。
為了在短時間內確實結束，我會仔細地指導妳們。
「那麼，差不多該開始了吧。也拜託紫条院同學幫忙。」
「好的，當然沒問題！為了在最短的時間結束，讓我們一開始就盡全力吧！」
紫条院同學以滿臉笑容回應為了克服前往海邊的障礙而燃燒鬥志的我，筆橋與風見原的冷汗則是越流越多。

*

「嗚嗚嗚嗚嗚嗚，好累啊啊啊……不想再看見算式了……」
「咕啊啊啊……平常沒用的腦袋快要燒到冒煙了……」
整個人癱軟地趴在桌上的筆橋與風見原，以燃燒殆盡般的模樣發出呻吟。

第一章

克服前往海邊之前的難關

由於沒有時間了，所以從早上就精實地解著題目，對於平常就不喜歡用功的這兩個人來說似乎是一段相當痛苦的時間。

「那……那個，妳們兩個不要緊吧？妳們兩個人以極快速度完成作業讓我覺得很開心，結果連我都變得幹勁十足……會不會拚過頭了？」

跟我一樣指導著如何解題的紫条院同學，以擔心的表情詢問兩個人。

自己在放暑假前拚命用功的成果可以幫助到朋友似乎讓她很開心，導致到現在為止似乎都沒有踩過煞車。

「呵……呵呵……雖然腦細胞全部都爆炸了，但我還能撐下去喔，春華。就算是我，要是因為這種小學生般的理由而不能去海邊的話，也會因為太過羞恥而想死喔……」

即使上氣不接下氣，風見原還是揚起嘴角。

以一個平常就極度我行我素的少女來說，這是相當貼心的發言，不過這也顯示她有多麼想跟大家一起到海邊去。

「呵……話說回來，新濱同學。你真的很會指導功課呢。沒想到能以這麼快的速度寫完那麼多的作業。」

「哎呀，這沒什麼大不了的。用功基本上是靠意志。這次只是因為事關能不能去海邊，所以妳們兩個人也幹勁十足罷了。」

上輩子在公司時也是如此，不論是什麼樣的指導方式，只要本人不認真就不會有成果。這次效果之所以這麼好，完全是因為她們兩個人想回應朋友心意的緣故。

「哼哼！新濱同學真的很會教人功課對吧！我考試的排名也因為他而一口氣上升了！」

「……新濱同學被誇獎，為什麼春華妳要這麼得意？」

為了稍做休息而開始閒聊的我們，就這樣熱絡地打開了話匣子。由於暑假只有偶爾才能見面，因此聊天的樂趣也會倍增吧。

就在這樣平穩的氣氛當中——突然聽見客廳的門打開的聲音。

「哎呀哎呀！歡迎大家！」

眾人因為開朗的女性聲音回過頭去之後，筆橋跟風見原就瞪大了眼睛。

也難怪她們會有這種反應。這是因為，站在那裡的是彷彿紫条院同學直接長大成人般美麗的女性。

「大家好，我是紫条院秋子！嗚呵呵，今天不只新濱小弟，還有兩個女孩子也來了！媽媽我真的很開心！」

「「媽媽？」」

跟過去的我一樣，筆橋跟風見原面對看起來宛如二十多歲年輕女性的秋子小姐而同時發出驚訝的聲音。

嗯，確實會嚇到啦……

「呵呵，我們家的女兒至今為止都沒帶朋友到家裡玩過……增加了這麼多好朋友真是太讓人高興了！那麼，我這個大嬸就離開了，今天就好好地玩吧！」

這麼說完後，秋子小姐就帶著和藹的笑容離開寬敞的客廳。上次見到她時也是這樣，女兒交友圈的擴大讓她相當開心。

「哇啊……好漂亮的人。」

「剛才也有很標緻的女僕……紫条院家的素質真是令人害怕。」

對於第二次到訪紫条院家的我來說，初次來訪的兩個人表現出的反應確實相當生澀。

剛來到這個家的時候，二十多歲的傭人冬泉小姐穿著女僕服送上茶跟點心時，她們兩個人都看傻了。

「啊哈哈……冬泉小姐的那身服裝是媽媽的興趣。說是因為在她以前喜歡的少女漫畫裡出現的女僕服很可愛……幸好冬泉小姐本人似乎也很喜歡那套服裝。」

或許是對母親的少女興趣感到不好意思吧，紫条院同學這時有些臉紅。

另外，秋子小姐有時似乎會做出親自穿上女僕服或者執事服來觀察丈夫時宗先生反應的惡作劇，不過深愛著妻子的時宗先生好像不論什麼服裝都會把她誇上天。如此鶼鰈情深真是太棒了。

（話說回來，時宗先生啊……那件事情能夠按照計畫發展嗎？）

去海邊玩這件事情引發的問題，不只有筆橋跟風見原的暑假作業而已。

另外也接到紫条院同學找我商量的「二號問題」。

（嗯，其實也是在預料範圍內的問題啦……）

當時我已經先傳授了紫条院同學解決的方法，不過那個人真的是過度保護女兒了，不知道最後是不是能順利成功……

「那個，對了新濱同學……」

「嗯？怎麼了，風見原同學？」

陷入沉思的我，被眼鏡少女的發言拉回現實。

「只有新濱同學不是第一次到這座宅邸來對吧？」

「噗……！」

為……為什麼會被發現……？

我過去曾經接受招待來到這裡做客一事，我吩咐過紫条院同學不能說出去。

天然呆少女似乎對不能把這件事說出去感到不可思議，但這種事情要是現在被學校的同學知道了就會變成大事件。

新濱去全校第一美少女紫条院同學的家玩了——這樣的傳聞將瞬間傳遍全校，然後一定會

給我的學校生活帶來不必要的麻煩。

「為……為什麼……」

「沒有啦，剛才春華的媽媽說了『今天不只新濱小弟』，聽起來就是曾經有過新濱同學獨自前來的日子。」

可惡！為什麼女孩子對這種話題總是特別敏銳！

風見原平常明明一副粗心的樣子，只有對戀愛的洞察力特別強大……！

「咦……咦？新濱同學之前曾經到這裡來過嗎？哇……哇啊……」

不知道有了什麼樣的想像，筆橋的臉微微地泛紅。

這個運動少女的妄想跟她散發的健康氣息完全相反，可以說總是一點都不健康。

「嗯……是來過啦。到紫条院同學家玩的事情要是被發現，我在學校會麻煩到想死，所以才一直沒說。」

聽見我的坦白後，紫条院同學就用眼神對我傳送了「那個，已經可以說了嗎？」的眼神，我就點點頭表現出「嗯，她們兩個人沒關係」的回答。

「嗯，其實為了感謝新濱同學一對一指導我準備期末考，我便招待他到家裡來……」

「哦哦哦哦……！然後呢然後呢？當時是什麼感覺？」

「照剛才的感覺看來，應該跟伯母打過招呼了吧？那伯母有什麼反應？」

從紫条院同學的嘴裡說出真相後，兩個女生就像是忘記之前才因為暑假作業而疲憊不堪一樣，以急切的口氣追問下去。

「這個嘛，那一天——」

之後有好一陣子，紫条院家就充滿著三個女高中聲吵雜的聲音。

看來紫条院同學一直很想跟兩個朋友說出我到這裡來玩時的事情，只見她很開心地訴說著一切。

然後兩個女生則是因為紫条院同學所說的內容而雙眼閃閃發光並且專心聽著。

至於獨自被拋下的我——只有羞恥到快死掉的感覺。

紫条院同學在我家過夜時也是這樣，天真無邪的少女落落大方且單純地說出跟身為男生的我之間的回憶。

「然後呢，我當天煮了一整桌的菜，不過男生的食量真的很驚人！竟然全部都吃完了！」

「咦……光是剛才聽妳說的，就有足以舉行家庭派對的分量了吧？真虧新濱同學吃得完耶……」

「嗯，因為是春華的料理，所以沒辦法剩下來吧。算是展現了男孩子的意志力。」

紫条院同學開始說話之後，筆橋跟風見原就經常咧嘴笑著把視線朝向我。因為她們兩個人知道我對紫条院同學的心意，所以這些只有我會感到害羞的事情就是最有意思的爆料吧。

可……可惡……害羞到滾燙的臉龐一直無法冷卻下來……

「噢，抱歉。那個……雖然才說到一半，不過我要去一下洗手間。」

話題告一段落時，紫条院同學就這麼表示並且離開客廳。

這才終於從自己的害羞話題中解放出來的我鬆了一口氣——

「哎呀，聽春華跟新濱同學的事情果然很開心！最重要的是春華本身完全不覺得害羞，總是會把所有事情都說出來。」

「呵呵，舞啊。請誇獎在對話之中識破新濱同學隱藏事項的我吧。不過呢，朋友跟朋友之間的戀愛話題為什麼會這麼有趣呢。一看到從剛才就紅著臉縮起身子的新濱同學，臉上就會忍不住露出笑容。」

「妳們兩個……」

我對享受著我的反應的兩個女孩子發出抱怨聲。

不論是妹妹還是這兩個傢伙，總是喜歡把我當成玩具……！

「不過呢，春華果然太像天使了，所以對於戀愛相當生疏，不奮勇往前衝的話可能無法成功喔。應該說，都被招待到她家了為什麼還沒有交往呢？」

「別好像感到很不可思議地問啊！好像我一點用都沒有似的！」

刺激到我了，別再講了好嗎！關於這一點，我已經決定在不遠的將來會主動告白了！

「哎，那先不管這件事了……新濱同學，你最近跟春華發生什麼事了吧？」

「啊，對啊對啊，就是這個！到底是怎麼了？」

「咦？什麼事的意思是……？」

兩人突然間收起開完笑的表情這麼對我問道，不過我完全不清楚她們在講什麼。

「還問是什麼意思啊，新濱同學。請不要裝傻了。」

筆橋跟風見原迅速縮短跟我之間的距離，然後一直以看著嫌疑犯般的眼神盯著我。等一下，那個……會不會太近了一點？

「其實呢，大概一個星期前跟春華見面時，她因為某件事情而相當沮喪。但是今天不要說難過了，甚至完全進入興奮模式……」

「最近跟春華發生過什麼有戀愛要素的事件嗎？除此之外我就想不到那個女孩的煩惱瞬間消失的原因了。」

紫条院同學的煩惱……？到我家來的時候她確實那麼說過。

「嗯，之前跟她聊天時，我也聽她說過有棘手的煩惱。但那個時候似乎就解決了。結果我問了到底是什麼煩惱，她卻不知道為什麼紅著臉表示『是祕密喔』。」

沒辦法說出紫条院同學在我家過夜，發生了各種近似戀愛喜劇般的接觸，只是說出最簡單的事實。

「哦……這樣啊。那應該是在哪個時間點發現那個煩惱不過是自己弄錯了吧。嗯，我完全不擔心就是了。」

「結果在逼問之前就發現是自己搞錯了嗎？雖然有點無趣，不過春華能打起精神就好。」

「？」

看來她們兩個知道紫条院同學的煩惱，但聽不太懂她們說的內容。不過呢，看她們的反應，就知道這件事情可以就此結束了。

「那麼，既然那件事也解決了，就能毫無罣礙地到海邊去了！哎呀，對你刮目相看了呢，新濱同學！雖然知道你變得像是轉生了一樣積極進取，不過約春華去海邊完全就是在找機會嘛……！」

「呵呵，就不是獨自而是連我們都約了的情況來看，感覺還是無法跨越最後的界線，真是急死人了……不過請放心吧！在海邊會提供能一舉攻略心儀女孩的有趣……抱歉，是羅曼蒂克的計畫來幫忙！」

「等等，喂，等一下啊妳們兩個！什麼攻略之類的……」

在感到害臊的情況下提出反駁，同時回想著那麼自己是因為什麼樣的意圖而計畫前往海邊的呢。

話說回來，那是為了不必等到暑假結束就能再次跟紫条院同學見面，也是為了履行約她出

去玩的約定。

然後之所以選擇海邊……是因為想體驗前世無緣的夏季氣息活動，同時也是為了讓應該會喜歡暑假經典活動的紫条院同學開心。

但是——在海邊那種開闊的環境之下，說不定會有什麼讓我們的關係有所進展的事情，要是說沒有這種打算的話，那就是在說謊。

如果剛好能夠兩個人在沙灘上獨處的話，我——

想到這裡的瞬間，我的臉頰就一口氣變得滾燙。

然後看見忽然想到什麼而在沉思狀況下忍不住臉紅的我，筆橋跟風見原就露出有點下流的笑容——當我發現這件事時，就因為實在太過害羞而像個小孩子一樣把臉別開。

＊

我——紫条院時宗在享用過妻子秋子煮的晚飯後目前正喝著紅茶。妻子雖然是有錢人家的大小姐，但從以前就會跟一般家庭主婦一樣，進廚房為了身為丈夫的我以及女兒春華做飯。

（竟然擁有如此漂亮、淘氣又會做菜的另一半，我果然是成功人士中的成功人士……努力成為社長真是太好了。）

不但身為大公司的社長，妻子與女兒也是這個世界上最可愛的女性，而且家人之間的感情也很好。

我感受著成為人生勝利者的滋味，嘴角同時露出了笑容。

「話說回來，春華。今天好像有女生的朋友來家裡吧。之前一直都沒有這樣的事情……怎麼樣，玩得開心嗎？」

我對跟我坐在同一張桌子前喝著紅茶的春華這麼搭話。

結果春華就眼睛閃閃發亮地開口表示：

「是的，當然開心了！跟筆橋同學和風見原同學從以前就是會一起去咖啡廳喝茶的同伴……今天終於邀請她們到家裡來！雖然完成暑假作業有點累人，但她們兩個人看起來也很開心，真是太好了！」

「哦哦，這樣啊。那確實值得高興。」

由於那種美貌與過於天真無邪的性格，春華從小就有受到同性嫉妒的傾向，至今為止幾乎都沒有朋友。

對於這樣的春華來說，認識能夠招待到家裡來的朋友應該是很高興的事情吧。

我身為她的父親，也由衷地感覺真是太好了。

（沒錯，女生朋友才好……沒想到首次邀請到家裡來玩的竟然是男的。而且是……各方面

都不像高中生的奇怪傢伙。）

由於判斷他不是對女兒有害的人物，所以勉為其難允許他們當普通朋友，不過女生還是應該交同性的朋友才對。

絕對不能讓什麼男生靠近我們家的女兒。

「那……那個！爸爸！」

「嗯？怎麼了，春華？」

春華原本開心訴說著女孩子之間的歡樂時光，這時突然像是下定決心般發出僵硬的聲音。

簡直就像接下來要拜託我什麼事情一樣。

「其實……下個星期四，我想跟今天來家裡的朋友一起去海邊玩！」

「哦哦，什麼嘛，這點小事……什……什麼！妳……妳說海邊——？」

出乎意料的請求，讓我忍不住發出怪聲。

「海……海邊也就是……妳要在一群人面前展現穿泳裝的模樣嗎……？」

「咦……？爸爸，你在說什麼啊？到海邊去的話當然要穿泳裝啊？」

面對露出驚慌模樣的我，春華以感到不可思議的表情這麼問道。

等……等等，的確是這樣沒錯，但是……

「女……女孩子一起去海邊嗎……唔……唔唔唔唔唔……」

老實說，很難答應這個請求。

如果是遊樂園什麼的話，我不會多說什麼就會答應了吧。

但那可是海邊。也就是要穿泳裝。

（在許多男人面前……我的女兒將只穿著泳裝……）

光是想到這樣，我就差點因為苦悶而在地上打滾。

春華可是連身為父親的我都感到驚訝的美人。她具備宛如天使下凡一般的神聖美貌。

如此美貌的春華，穿著泳裝的模樣一定會受到周圍的矚目吧。我根本無法承受這樣的狀況。感情上無論如何都希望至少能等到成人為止……！

「……抱歉，我沒辦法答應。海邊有很多危險，沒辦法讓未成年的孩子獨自前往。而且只有女孩子的話，很可能會被不要臉的男性盯上。夏天的海邊絕對會有這樣的傢伙存在。」

雖然隱藏起自身感情上的理由如此宣告，不過這些並非場面話而是出自我的真心。

自然環境的危險與帶有惡意的人造成的危險。當遭遇到這些時，只有小孩子的話實在令人擔心。

「哦……原來如此。這的確是問題。」

坐在我身邊的妻子秋子，這時以能看出她大家閨秀身分的優雅動作放下紅茶，然後從旁這麼插嘴說道。似乎對什麼感到有趣，只見她不知道為什麼嘴角露出了微笑。

「老公說的一點都沒錯，確實不能只讓未成年的女孩子去那種地方。」

「對吧。我可不是在刻意刁難喔。」

「這樣啊。那麼——只要有人擔任監護人的角色就沒問題了吧？」

「什麼……？」

這時秋子啪嘰一聲打了一個響指。

回應她這種黑手黨電影般動作，從客廳大門走進來的是——在我們家擔任司機，有著一板一眼個性的四十多歲男性。

「夏季崎……？你那種電影般的登場是怎麼回事。」

「沒有啦，其實……太太吩咐我擔任帶大小姐她們去海邊的監護人。然後同時兼任當天的司機與救生員。」

「什……！」

聽見夏季崎帶著滿臉笑容所說的話後，我就反射性看向秋子的臉。結果妻子臉上就露出像要表示「太可惜了～」般充滿壞心眼笑容的表情。

這……這是……要通過新企畫案時，公司內也常會出現的那個嗎……！

也就是早就準備好人選以及不同提案的狀態！

「其實我事先跟媽媽商量過，拜託夏季崎先生作為監護人跟我們同行了！這樣的話就沒問題了吧，爸爸！」

「嗚……咕……」

春華說下週四要去海邊。

由於大人平日得工作，所以我算準很難有大人作為監護人跟她們一起去……不過只要拜託我們家的司機，確實就能解決所有問題了。

（但……但是……感情上還是無法接受……！如果是學校的課程就沒辦法，但我們家的女兒要在海邊的許多人面前展現穿泳裝的模樣……！）

自己單身的時候要是看見抱持這種煩惱的大叔，我一定會笑他太過保護女兒了。但要是老天爺賞賜給你全世界最可愛的女兒，就會極度想把她隔絕於其他男人的視線之中……！

「等……等等……但是海邊仍存在即使有監護人在身邊也無法解決的危險……應該說，以學生身分去海邊實在太過大膽……」

其實不想讓春華穿泳裝的模樣暴露在眾目睽睽之下才是我的真心話，但不可能直接這麼表示，所以只能手足無措地胡扯一堆理由。

真是的，我是論點被推翻後就因為準備不足而驚慌失措的簡報負責人嗎……！

「爸爸！請好好看著我的眼睛說話！」

似乎再也無法忍受我這種態度的春華，從桌上探出身子如此表示。

「為什麼還要反對呢？以高中生來說，跟朋友一起去海邊明明是很普通的事情，即使有夏季崎先生擔任監護人跟我們一起去，你卻依然無法同意的理由到底是什麼？」

以打從正面提出正確言論這種最強的手法，平常乖巧的女兒這時大聲地說道。

「爸爸也知道，我一直過著只有自己一個人的寂寞校園生活！現在好不容易交到朋友，然後計劃大家一起去海邊……我真的很開心！因此我不會因為半吊子的理由而放棄！」

春華以前所未見的堅強力道清楚地對我表達意見。

用的是展現正確邏輯與強烈情感這種相當確實的方法。

（……我的女兒真的有所改變了。）

原本天真爛漫正是春華的魅力所在，但欠缺了與他人對抗的堅強。不過她最近會發脾氣，也會確實說出自己的意見，可以說朝著相當正面的方向成長。

「……好吧。如果夏季崎同行的話我就答應吧。」

「真……真的嗎！可以跟今天到家裡來的朋友們一起去海邊嗎？」

「嗯，是啊。不過海邊有許多危險也是事實。別做什麼危險的事喔。」

「好……好的！啊啊真是太棒了！這樣就不會讓大家失望了！」

雖然心中仍未完全接受，但連我自己都無法因為這點理由就繼續反對下去。而且女兒都如此拚命懇求了，怎麼忍心拒絕她呢。

「我說老公啊。你是說真的吧？君子一言既出，駟馬難追喲？」

「嗯，那是當然了。必須對自己說的話負責才行。」

我對莫名再三確認的秋子點了點頭。

嗯，其實仔細一想，這次是幾個女孩子一起去海邊，所以不用擔心戀愛方面的問題。搭訕之類的，身兼保鏢的夏季崎應該會加以排除才對。

（呼……至少不會跟那個小鬼一起去海邊。）

就這樣，當我做好內心的整理之後——

「呵呵，得趕快跟新濱同學報告我這邊的問題已經解決了才行！」

「啥！」

春華用興奮的聲音說出不容忽視的內容。

「等……等一下，春華！為什麼這時候會出現那個小鬼的名字？」

「咦？那當然是因為新濱同學也要一起去海邊啊。」

「什……什麼————！這……這到底是怎麼回事！不是說只有女孩子去而已嗎？」

竟……竟然要跟那個少年去海邊……！這從另一方面來說是危險度ＭＡＸ的事情吧！

「哎呀，春華打從一開始就沒有說只有女孩子喔。」

「秋……秋子……可惡，妳們是一夥的吧！」

「哎呀哎呀，為什麼這麼氣呼呼的呢，老公？你不會是想取消去海邊玩的許可吧？」

「等……等等，但是……！前提完全不同吧！我允許的是只有女生一起去海邊……男女一起什麼的，怎麼說呢……就是不行吧！」

就算有監護人跟在身邊，男女生一起去海邊的話怎麼可能什麼事情都沒發生。

更何況那個少年是對我本人說出「我要追你女兒」的超積極男生。光是想像那個傢伙跟春華一起站在海邊的模樣，我的血液就快要因為憤怒而沸騰了。

「哎呀，但是剛才老公是允許跟『今天到家裡來的朋友』一起去海邊吧？其實呢……新濱小弟也算在內喔♪」

妳……妳說什麼——！

那……那個臭傢伙！竟然若無其事地混在女孩子裡面到我們家來！就算是我不在家，他竟然對於受到那樣壓迫面試的房子絲毫不感到恐懼嗎！

「剛才說過君子一言駟馬難追，您沒辦法反悔了，老爺。」

「平常會利用契約書的細節跟對方的許諾來談生意的你，不會事到如今還想收回剛才的許可吧？」

「嗚……嗚咕咕咕咕……！」

面對無法提出反駁的我，夏季崎跟秋子就像要表示「將軍」般微笑著補上最後一擊。

這……這是布置得天衣無縫的陷阱……！

「春、春華……為了說服我而準備的說詞，難道是新濱小弟的點子……？」

「嗯，是啊！不知道爸爸是不是會答應而跟他商量之後，他就幫我想了說服的方法！」

果……果然是那個傢伙的鬼點子嗎！在戰鬥前就先消滅對手的強項，我就覺得這不像純真的春華會採取的戰法！

「呵呵，正如新濱同學所說的，事先準備好監護人還有清楚表達我的意志來請求確實有效！他真是太厲害了！」

那個臭小鬼！怎麼說我也是個社長，竟然被他用事先設下的陷阱封殺……！

啊啊，可惡！以如此縝密的心思來進攻女兒的那個傢伙實在太危險了！

「可惡啊啊啊！竟然敢設計我——————！」

在露出心滿意足表情的春華，以及從容地重新喝起紅茶的秋子面前，體認到敗北的我發出憤恨的聲音。

＊

我——紫条院春華目前在街上的大型購物中心裡面。

如果是四個月前的我，就連待在這樣的購物景點也總是只有自己一個人……但今天卻有幫忙抹消這種寂寞記憶的朋友在身邊。

舞同學和美月同學。今天我們三個人一起來購物。

「哦～就這樣克服了說服爸爸的難關嗎？」

「是啊！因為那是唯一剩下來的問題了，所以我現在的心情非常輕鬆！」

我以毫不隱藏喜悅的口氣對走在身邊的舞同學這麼報告。

爸爸雖然從以前就有過度保護的一面，但自從我跟新濱同學變熟之後，感覺他在這方面就變得更嚴重了。

因此原本認為他會對我前往海邊一事面露難色，於是事先找了媽媽商量——

「啊，他絕對會反對。最了解那個人的我都這麼說了，一定不會錯的。」

媽媽充滿自信地這麼表示，這個時間點我才終於發覺想到海邊去玩就必須說服爸爸。

但是我一個人根本不知道說服爸爸的方法，所以就又拜託新濱同學幫忙——

「妳找新濱同學商量爸爸的事情，請他幫忙想對策嗎？不過他真的太厲害了。竟然事先預測到春華的爸爸會如何反對。」

「嗯，媽媽也很佩服。新濱同學說『伯父不會以感情上的理由來反對，大概會指出只有未成年前往的危險性並藉此來拒絕。所以要事先解決這個問題』，想不到真的是那樣……」

偶爾會懷疑新濱同學是不是超能力者。為什麼總是能先預測到對方的行動與想說的事情呢？

詢問他本人，他則是說著「哎，因為要看人臉色的機會實在太多了……」並且露出某種望向遠方的眼神……

「但是託他的福，才能像這樣沒有任何後顧之憂前來購買去海邊的東西，真是太好了。」

「嗯嗯，真讓人開心！要選那個的話，當然得帶著爽快的心情啊！」

舞同學的話讓我笑著點了點頭。

今天我們之所以聚集在這裡，全都是因為我的準備不足。

「不過春華真的讓我嚇了一大跳，想不到妳真的打算穿學校的泳衣去海邊。」

「嗚嗚，抱歉……我就覺得身為學生的我們要去海邊的話，本來就該穿學校的泳衣……」

面對併排走在一起的兩個人，我一面感到很丟臉一面如此回應。

說起來事情的開端是之前解決暑假作業的讀書會。

新濱同學去洗手間時，兩個人很開心地問我打算穿什麼樣的泳裝去海邊……

「咦？我沒有平時穿的泳裝，所以就打算帶學校的泳衣去……」

我這樣的回答讓她們兩個人嚇了一大跳，然後說著「絕對穿別的泳裝去比較好！」來說服我。

一開始還不清楚她們兩個人為什麼會如此驚訝……但在網路上查了一下後立刻就得知理由了。

「我果然跟社會脫節了……沒想到去海邊時泳裝是那麼地重要……」

只是稍微調查了一下，就發現以女性為對象的海邊特輯可說是多如牛毛。然後它們共通且強調的都是選擇泳裝的重要性。

每個網站對於泳裝的熱情都相當驚人，這時我才終於理解一般社會大眾的女孩子對於泳裝的重視程度。

「好啦好啦，難得要去海邊玩，那就穿更可愛一點的啊！春華明明這麼漂亮，不穿一套完全適合妳的泳裝實在太可惜了！」

「嗯，學校的泳衣其實也是有一定程度的需求啦，可以醞釀出海邊校外教學的氣氛。」

因為是學生，所以去海邊時應穿著學校泳衣——當我對於出現這種想法，跟一般女孩子的常識脫節的自己感到沮喪時，兩人的安慰特別讓人感動。

「謝謝妳們……啊，不過，兩位應該有泳裝吧？這樣的話，今天就得請妳們一直陪我挑選了……」

在我選好之前一直讓她們等待實在覺得過意不去……

「呵呵，別擔心，我也打算要買泳裝喔。我跟春華一樣，都沒有跟朋友一起去海邊的機會，所以完全沒有可愛的泳裝。因此就讓身為現充的舞來教我們如何選擇泳裝吧。」

「咦……咦咦咦咦？等……等等，我基本上也都在練社團，沒有那麼常出去玩喔！泳裝也只有很樸素的樣式，所以我這次也打算買新的！」

望著兩人引人發笑的對話模樣，我在內心暗暗地鬆了一口氣。

（就連如此漂亮的兩個人，都沒有平常跟朋友去海邊玩時穿的泳裝了，我至今為止只有學校泳衣應該也不算什麼太奇怪的事情才對吧……！）

當我為了連自己都感到害臊的事情感到莫名的安心——目的地的店家已經近在眼前了。

＊

「哇……哇啊……！這些全都是泳裝嗎！」

我被排在賣場的龐大泳裝數量震攝住了。

由於正處於海水浴興盛的季節，店內擺設了滿滿的各式女性泳裝。

從素面的洋裝式成熟樣式，到鑲滿亮片、金屬薄板等發出燦爛炫目光芒的泳裝都有，種類真的是五花八門。

從如此豐富的品項來看，就能知道對於社會上一般女性來說，泳裝究竟有多麼重要了。

「那麼，我們就先散開自己逛逛看吧？種類如此多的話，大家一起邊討論邊逛實在太花時間了。」

三人之中唯一習慣跟朋友出門購物的舞同學如此說道，我跟美月同學則是老實地點頭同意。就這樣，我們就暫時在店內解散了。

（嗚嗚，要在如此數量龐大的泳裝裡面挑選一件適合自己的……我開始覺得這是一種相當魯莽的行為了……！）

剩下獨自一人的我，在左右兩邊全部擠滿泳裝的彩色叢林裡有點不知如何是好。

但只是這樣像無頭蒼蠅般到處亂逛的話，專程來到這裡就沒有意義了。

（就……就先看看有哪些樣式吧……）

暫且試著從眼前的泳裝開始看起，其種類之多真的令人驚訝。

（唔嗯唔嗯……這件是連身式。剪裁簡單是很不錯，但外表看起來跟學校的泳衣差不多……哇……哇哇，這件小可愛式的泳裝像是內衣一樣，有點太過性感了……！）

我在寬敞的店裡走著，手上跟著拿起幾套泳裝。

泳裝的設計真的讓人眼花撩亂，有幾乎跟T恤以及短褲沒有兩樣的款式，也有只有單邊肩帶這種大膽的造型……種類可以說是五花八門。

（粉紅色會不會太小孩子氣了……？還是再深色一點……啊，這件有許多褶邊好可愛喔。

這件是無肩帶的款式，是肩膀完全外露的小可愛類型……嗯，雖然不討厭……）

越是認真思考時間就過得越快。

回過神來才發現雖然品評了許多的泳裝，卻仍未做出選擇。

即使有幾件覺得「還不錯」，也還是無法做出最後的決定。

（嗚嗚，太小看選擇泳裝了……！世界上的女性每到了夏天都要做如此令人猶豫的事情嗎！）

沒想到會花這麼多時間的我，對於仍無法做出決定的現實感到有些沮喪。

「哈囉～春華！怎麼樣？找到喜歡的了嗎？」

「經過一個小時了……看起來還在煩惱呢。」

聽見有人搭話而回過頭去，就看見舞同學跟美月同學站在那裡。

令人驚訝的是，兩人手上已經拿著印著這家商店標誌的紙袋，看來是已經買好自己的泳裝了。

「舞同學、美月同學……妳……妳們已經選好了嗎……！」

「嗯，是啊！雖然煩惱了很久，最後還是做出了決定！」

「我雖然是初次選擇泳裝，嗯……不過還是靠感覺做出了選擇。」

這麼說完後，兩個人就各自從紙袋裡取出泳裝給我看。

這是……嗯，都很不錯！

「兩件都很可愛！很適合妳們喔！」

光看第一眼，就覺得各自符合她們的個性，可以說是相當棒的選擇。

實際穿上去後，絕對會相當引人注意才對。

「呵呵，對吧！這樣就能獨占海邊的視線……沒有啦！」

舞同學雖然像在開玩笑般笑了起來，但我覺得一定會受到矚目。

因為她們兩個人都很可愛。

舞同學具備夏天的向日葵般的開朗與可愛，美月同學則像是高雅紫藤花般婀娜美麗。

這樣的兩個人要是穿上泳裝，不論是同性還是異性，現場的所有人都會注意她們吧——

（……？咦……咦？又有奇怪的心情出現了……）

突然注意到有一丁點鬱悶的感覺盤踞在心裡。

那是讓人焦躁，而且感到不安的心情。

類似幾天之前，目擊新濱同學跟陌生女性（其實是他妹妹）走在一起時的那種感情。

跟那個時候比起來，真的只是極其輕微的沉悶感……不過為什麼現在會浮現這樣的心情呢？

「——啊，這可能不太妙。雖然不清楚為什麼，但春華名為嫉妒的黑暗氣條稍微累積起來

了。」

「等等！那……那那那……那很不妙吧！得想辦法引開她的注意力，把病嬌的芽確實根絕才行！」

眼前的兩個人似乎在說些什麼，但因為胸口再次出現的疼痛而幾乎沒有聽見內容。

雖然了解上次是因為對於新濱同學這個好友的獨占欲，但這次為什麼會……？

「春……春華啊！妳好像還在猶豫，我們拿來推薦給妳的泳裝嘍！妳要不要看一下？」

「啊，好的……謝謝。」

如此回應不知為何以著急的聲音這麼說道的舞同學後，湧至胸口的那種不安感覺就很快地消失了。

看來真的是連自己都搞不懂的輕微鬱悶感。

「咦……？那……那個，舞同學，這是……」

舞同學充滿自信舉起來的泳裝，是緊緊貼在全身的潛水服。嗯……這應該是運動員在比賽時穿的泳裝吧……

「舞……這是用在游泳比賽或者潛水運動的泳裝吧。緊貼在肌膚上而讓曲線畢露確實相當出眾，但並非休閒用啊。」

「咦！是……是這樣嗎？只有我覺得它機能性的美感很吸引人嗎？」

側目看了一眼似乎受到什麼打擊的舞同學後，美月同學就像要表示無奈般嘆了口氣，然後取出從店裡拿來的泳裝。

「真是的，舞啊，別只會用體育社團成員的審美觀。難得要推薦給春華，就得像這樣來發揮出她的魅力。」

「咦……咦咦咦咦！美……美月同學，這是……！幾乎只有繩子吧！我……我絕對沒辦法穿上這種泳裝！」

美月同學拿來的是誇張到一瞬間無法認為是泳裝的極性感迷你比基尼。穿上後的模樣幾乎像是裸體，甚至會覺得穿著內衣褲還比較保守。

「呵呵，別這樣打從一開始就加以否定嘛，春華。」

面對因為難以置信的面積而羞紅了臉的我，美月同學委婉地說道。

「這裡是什麼地方？沒錯，是泳裝賣場。既然在這裡販賣，就表示它也是泳裝。而且是能凸顯春華如此情色……不對，是豐滿的身材，讓成熟魅力爆發的一件泳裝，我才會推薦啊。呵呵，根本沒什麼好害羞的喔。」

在耳邊聽見這樣的呢喃後，不知道為什麼否定的心情就逐漸減少。

聽她這麼一說，可能真的是這樣……泳裝本來就會露出肌膚，以獨特的程度來說確實是不錯的選擇……

「春華，妳被騙了啊啊！喂，美月——！春華很容易就會被洗腦，別做出這種像是色老頭的事情！要是穿上這種泳裝，完全就是痴女了喔！」

「果……果然是這樣對吧！真……真是的！差點就要信以為真了！」

「沒有啦，沒想到妳真的差點被騙……感覺可以理解為什麼伯父會如此保護春華了。」

在寬敞的泳裝賣場裡，我們終於忍不住發出吵雜的聲音。

每次像這樣跟她們兩個人一起吵吵鬧鬧的時光真的很開心……但最重要的選擇泳裝卻一直沒有進展。

差不多到了非決定不可的時候了……

（話說回來……這還是我第一次買衣服時猶豫這麼久。）

但也不認為選一件安全牌就可以了。

因為看見舞同學跟美月同學買了可愛的泳裝，想選一件最棒泳裝的意圖反而越來越強。

雖然自己原本說打算穿學校泳衣……但一旦開始挑選泳裝之後，就對自己為什麼會如此幹勁十足感到有些不可思議。

「春華，妳看這樣如何？妳先不要管自己，腦袋裡想著最在意反應的那個人，然後選擇那個人應該會喜歡的泳裝。」

「咦……？」

可能是看不下去仍在猶豫的我吧，舞同學做出了這樣的提案。

「聽說實在無法下決心的時候，想著朋友等希望讓他看見泳裝的人就能做出最佳選擇！嗯，不過是從流行雜誌上看來的就是了！」

（最在意反應的人……）

當我這麼想時，腦袋裡浮現的果然是一起去海邊玩的各個朋友。

但是，這些人裡面也有一個最為在意其視線的成員。

那個總是幫助自己而且非常可靠的少年，甚至親近到抱持著獨占欲的超級好友。

這次邀我一起去海邊的男孩子，其身影很自然就浮現在我腦海裡。

（自己喜歡當然很重要……考慮到最在意反應的人來選擇……）

一想到這裡，感覺自然就有了選擇的方向。

以這個視點走到最後的話，應該就能選出自己也能接受的泳裝。

「兩位請再給我一點時間。我……再自己挑選一下。」

兩個人笑著對一臉嚴肅地這麼說道的我點了點頭。

於是我便再次面對店內快要滿出來一般的大量泳裝。

為了帶著最適合的泳裝，跟在意展露泳裝打扮時會有什麼反應的那個人一起去海邊。

第二章 海邊的天使

第二章
海邊的天使

約好大家一起去海邊當天。

我走在酷熱的街道上。

身穿珍珠白T恤與淺藍色短袖襯衫加上卡其色短褲這種相當休閒的打扮，背上揹著裝了替換服裝的背包。

幸好今天降雨機率是〇%，仰頭看去就是一片讓人頓時清醒的藍色蒼穹。雖然日照強烈氣溫也相當高，但抵達海邊之後這樣的天氣可能剛剛好。

（真的來了……我跟紫条院同學一起去海邊的日子……）

實際上還有另外三名好友一起去，但冷靜一想就覺得跟心儀女性一起去海邊本身就是非常不得了的事情。就像用花言巧語把住在城堡裡的公主騙出來一樣，甚至有種謎樣的罪惡感。

我想著這樣的事情並且持續前進，馬上就來到約好要碰面的便利商店停車場。

「啊，新濱！喂，這邊這邊！」

「早安啊，新濱同學！謝謝你為了今天幫忙準備各種東西。」

「唔嗯，感覺是打從一開場就只想著春華的表情。」

我一抵達現場，筆橋、銀次、風見原等三個人就過來迎接我。

跟兩個女生不久之前才在紫条院同學的家裡見面，不過跟我唯一的男性朋友銀次就是許久不見了。

短髮且有著爽朗運動社團成員般容貌的阿宅朋友，雖然跟我一樣是符合夏季氣氛的休閒打扮……但或許是相當在意有好幾個女孩子會來的事情吧，頭髮與服裝都特別經過整理，讓人忍不住露出會心的微笑。

（話說回來，筆橋跟風見原都打扮得很時髦呢……明顯比之前在紫条院同學家遇見時更有幹勁。）

短髮的筆橋符合她運動少女的作風，是橘色T恤以及牛仔短褲，頭上戴著棒球帽這種充滿清涼感的打扮，具備可以直接在夏日運動廣告中登場的快活魅力。

至於眼鏡少女風見原則是穿著亞麻女性襯衫、苔蘚綠中褲這種略為成熟的穿搭，說是出乎意料可能有點沒禮貌，不過確實變成一個散發出摩登氣息的美少女。

「咦，大家都這麼早到？還有十五分鐘吧？」

「這個嘛……大家好像都為了不遲到而太早來到現場了。發現明明還有二十分鐘卻突然都到齊了的時候，大家都嚇了一跳。」

第二章
海邊的天使

「好像太過期待遠足的小學生一樣，互相覺得很不好意思呢。」

或許是想起那時候的事情吧，三個人都有點害羞地游移著視線。

其實打電話邀約時他們的情緒就已經很亢奮了，看來是真的很期待這次的出遊，身為企畫的提案人，我感到非常高興。

「哈哈，謝謝你們如此期待。那麼，紫条院同學呢……？」

我一這麼詢問，三個人就不知道為什麼咧嘴笑著一起指向我。

嗯？為什麼指著我……不對，這是……不是我而是我的背後？

「早安啊，新濱同學！」

回頭一看之下，發現夏天的天使就站在那裡。

身上罩著衣領縫有褶邊的純白女用襯衫，胸口深藍色的蝴蝶結正在搖晃。最重要的是那是件無袖襯衫，讓雪白肩膀與手臂毫無保留地展露在外。

藍色直條紋短裙以及頭上略大的草帽都襯托出她天真爛漫的少女模樣，讓她看起來極度可愛。

「咦？怎麼了？難道是還想睡嗎？」

「啊，沒有啦……那個，早安啊，紫条院同學。妳那套衣服很有夏天的感覺，看起來很可愛喔。」

平常香奈子總是不厭其煩地指導我「看見女孩子的便服先稱讚就對了！」，這時我便努力地加以實踐。

那傢伙強調「總之就是硬要找出優點來稱讚！幾乎沒有人會討厭受到稱讚，而且可以讓對方意識到你在注意她！可以說是好處多多！」，不過這時候反倒是太多地方可以稱讚了。

我的眼睛目前有多麼受到吸引，只能傳達出億分之一的想法真是讓人心焦。

「……！這……這樣啊！能聽到你這麼說真是太好了，幸好沒有因為馬上要換上泳裝而隨便選擇便服，而是嘗試了各種搭配！呵呵，本來就因為太過期待而早起，現在心情又變得更加興奮了！」

紫条院同學的臉龐瞬間開朗起來，然後露出向日葵一般的笑容。

像是直接表現出純真內心的笑容，就如同盛夏的太陽一樣耀眼。

「哦哦，馬上就稱讚起服裝來增加好感。跟四個月前害羞的新濱同學相比，簡直就像換了一個人似的，老實說真的很想這麼吐嘈，不過身為好友的你有什麼看法呢，山平同學？」

「咦，我嗎？這個嘛……怎麼說呢，竟然能夠隨口就說出那樣的話，感覺那個傢伙已經離我相當遙遠了，有種寂寞又驕傲的感覺……而且好像對紫条院同學相當有效。」

喂，風見原和銀次，你們兩個別小聲地在那裡實況轉播好嗎！

可惡，現在想起來，這些成員全都知道我心儀的對象是誰！

我一跟紫条院同學說話，大家就開始咧嘴微笑，真的很尷尬耶……！

「大家早。我是在紫条院家擔任司機的夏季崎。」

站在紫条院同學身邊那名四十多歲，臉上掛著柔和笑容的男性低下頭來。

在如此炎熱的天氣當中依然穿著西裝，但是完全沒有流汗的模樣。

「今天由我負責接送，還請各位多多指教。有什麼困難請立刻告訴我。」

我的提案原本是打算搭巴士前往，但在說服時宗先生的過程當中，決定夏季崎先生以監護人的身分與我們同行，於是也就由他開車載我們到目的地。

「「「謝……謝謝！那就拜託您了！」」」

三名同班同學雖然因為真實的「有錢人家僱用的司機」夏季崎先生的登場而瞪大了眼睛，不過馬上就確實回禮。看見同學們如此有禮貌的模樣，身為前大叔的我莫名感到相當溫馨。

「太……太厲害了，想不到真的有家庭僱用的司機……難道說也有管家跟女僕嗎……？」

嗯，我能理解你的心情喔，銀次。

順帶一提，有沒有管家我是不清楚，不過確實有年輕貌美的女僕（正確來說是傭人）存在。有錢人的家可是相當夢幻的。

「早安啊，夏季崎先生。今天就拜託你了。」

「好的，前幾天之後又再次見面了，新濱少爺。聽說今天的出遊是由您所企劃，真是了不

起的行動力。繼下大雨的那天之後，依然沒有放鬆暑假之中的攻勢，真令人佩服。」

從應該看透我想法的大人那裡聽見暗示著「求愛的連續攻擊真是猛烈！」意思的發言，讓我稍微紅了臉頰。

嗚咕咕，身邊全是知道我心意的人……

「那麼，我們馬上把車子開過來！走吧，夏季崎先生！一天是很短的！」

「哈哈，大小姐今天的心情真的很好呢。眼睛閃閃發光的程度完全不同。」

紫条院同學自己明明不是駕駛，卻快步朝停著車子的停車場走去。看來是無法壓抑興奮的心情，完全跟要去遊樂園當天的小孩子一樣。

「呼……今天的紫条院同學真是充滿活力。雖然約她的時候就已經很興奮了，不過實在沒想到會開心到這種地步。」

「嗯，當然跟十分期待今天這個日子到來也有關係，但應該也是因為順利選出女人在海邊的武器才會這麼開心喔。」

「啥？女人在海邊的武器……？」

風見原的話讓我歪起頭來。到底在說什麼呢？

「啊哈哈！哎呀，這件事情就等抵達海邊正式展示時再說吧！好好期待春華花了長達兩個小時後做出的選擇吧，新濱同學！」

「呃，好……？」

雖然仍然聽不懂兩個人所說的話，不過對我來說，只要紫条院同學能期待今天就夠了。

「不過新濱，你……真的很積極在進攻呢。」

「啥？搞什麼啊銀次。你那是什麼意思？」

「沒有啦，那位司機先生不是說了『繼下大雨的那天之後，依然沒有放鬆暑假之中的攻勢』嗎？原本以為是完成暑假作業的讀書會當天發生了什麼事，不過那天是晴天……也就是說，暑假中某個下雨的日子，你跟紫条院同學發生了什麼事對吧？」

「噗……！」

混……混蛋！你是哪裡來的偵探嗎？別在那種地方找到線索提供給女孩子們當聊天的話題啊！

「哦哦……原來如此原來如此。原本以為沮喪的春華恢復元氣只是因為發現自己搞錯了……果然發生了什麼事吧。這下非得問個清楚才行了……」

「暑假裡還會有什麼事，一定是約會啦！快說，你們到哪去了？逛街？動物園？啊，不過下雨天的話應該是看電影吧？」

你看吧！前幾天在紫条院同學家裡才知道，對於女孩子來說，朋友的戀愛發展是最棒的玩具！絕對會眼睛發亮打破砂鍋問到底啦！

「沒有啦，我們哪裡都沒去！今天去海邊是我第一次跟紫条院同學一起出門！」

「哦哦，哪裡都沒去……那麼，難道說反而是帶她回自己家裡度過了火熱的一夜？哈哈，再怎麼樣那都不——咦？」

「等等，喂……？」

「咦，新濱同學……？」

這個瞬間，對我來說的正確答案應該是說一句「喂喂，在說什麼蠢話啊」，然後傻眼地嘆一口氣。

但是聽見當對方從開玩笑中說出實情的瞬間，記憶猶新的幾個過夜光景就閃過腦海，讓我極為愚蠢地表露出羞紅臉並且說不出話來的最糟糕反應。

然後這短短幾秒鐘的反應，已經足夠讓他們產生疑惑以及確信了。

「「「…………………」」」

……沉默真是讓人尷尬。

到剛才都是咧嘴露出笑容的風見原與筆橋等三個人，現在都一臉嚴肅地凝視著我。然後事情到了這種地步，不論我再怎麼裝傻都太遲了。

「這……這樣啊……新濱你這傢伙已經『畢業』轉大人了嗎……哈哈，說著『這個女主角就是我老婆！』的你已經不在了嗎……」

「哇……哇啊啊啊啊啊……！兩……兩兩……兩兩兩個人終於是那種關係了嗎……！那個春華在新濱同學的房間……嗚哇啊啊啊……」

「恭喜你了，發情男。既然是雙方同意之下的行為，我也不想多說什麼，不過你要是敢讓春華傷心的話，當心我把你雙腿之間的風鈴扯下來啊。」

「不是那樣啦——！你們幾個腦袋裡怎麼全是情色的念頭啊——！」

我對著完全產生色色誤會的三個人放聲大叫。

＊

在閃閃發亮的太陽底下，海水浴場可以說是人山人海。

灼熱沙灘上排著一大片大遮陽傘以及帆布摺椅，到處可以看到元氣十足地到處奔跑的小孩子與放鬆心情的大學生等等。

除了一望無際的藍色海洋之外，湧上來的海浪在沙灘變成白色泡沫之後逐漸消失。

「哦哦……是海……不是電腦的桌布或者治癒系影片而是真實的海洋……」

來到這個海水浴場的路途一下子就結束了。

夏季崎先生駕駛的八人座旅行車相當寬敞且舒適，眾人在路上聊了許多話題。

風見原跟筆橋在解決暑假作業的讀書會裡雖然完成了問題集，這時則苦著一張臉表示讀書心得一直拖到最後一刻才寫完，紫条院同學則是帶著滿臉笑容報告，昨天晚上因為太期待所以九點就上床睡覺，總之車內就是永遠不缺聊天的話題。

另外，談及過去我獨自被招待到紫条院家的事情時，原本不知道這件事的銀次就極為驚訝，然後小聲地跟筆橋以及風見原確認這件事。

「呃，喂……我對這方面不太了解，一般來說女生會找尚未交往的男生來家裡嗎……？」

「哎呀，那怎麼可能嘛。」

「一般來說不可能。一般來說啦。」

「我想也是……」

才剛想他們竟然偷偷摸摸地在聊這個，就出現三個人以混雜著傻眼以及無法理解的視線看著我跟紫条院同學的一幕。

……不用你們多管閒事啦，可惡。

之後紫条院同學突然丟出一句「因為胸部總是很快就會變得很緊，所以每年都會重買學校泳衣」這種令在場所有人臉紅的話，總之車內就是話匣子關不上的狀態，包含途中下車購物在內都在和睦的氣氛當中一路來到海邊。

「我說新濱啊……」

「嗯？怎麼了銀次？」

換上四角海灘褲的我們，結束在占領的地點設置大遮陽傘與帆布摺椅的任務後，就一起像門神般站立在該處。

順帶一提，夏季崎先生表示「為了不打擾到各位，我會在沙灘角落休息，需要幫忙的時候請用手機跟我聯絡」。

女孩子們正在更衣室裡換衣服，我們則享受等待她們這種人生裡極為稀有的時間。

「事到如今，還是想問一下我真的可以來嗎……？雖說因為你的關係多少可以跟那三個女生說上幾句話，不過怎麼說呢，我來會不會很礙事啊？」

「啥？你是怎麼搞的，難道不想我找你來嗎？」

「怎麼可能呢！你邀我參加跟女孩子一起去海邊這種極其稀有的活動，老實說我不只是高興，甚至感動到哭了啦！」

他似乎是真的高興到流下了眼淚，不過我很能理解他那時候的心情。

我們現在所站的地方，是全國十幾歲的男孩子迫切渴求，但有九九．九九％無法如願的黃金地平面。

「那就好啦。說得好像自己不應該來這裡，但女孩子們一口就答應你可以一起來了，你因為『那個』的緣故提升了在教室的存在感，現在很受到班上大家的喜愛喔。嗯……方向有點偏

了就是。」

「啥？那個？受到喜愛？那是什麼，我怎麼都聽不——」

「兩位久等了～！謝謝你們幫忙確保陣地～！」

因為背後傳來的聲音而回過頭去，就看見跟平時完全不同的筆橋跟風見原站在那裡。

（哦哦……她們兩個人的水準果然也很高……）

筆橋身穿黃色兩件式泳裝，是用布從脖子蓋到胸部的高領型設計。

不愧是平時就相當投入田徑運動，其纖細的身體畫出極為美麗的曲線。比平常暴露更多的肌膚，跟常見的快活笑容形成的差異散發出強大的魅力。

「久等了。呼……正如我的預料，女性更衣室是人山人海。」

摘下眼鏡的風見原身穿成熟的綠色比基尼泳裝，平常應該是因為穿衣而顯瘦的胸部，這時是由帶狀的上衣所點綴。平時的言行舉止雖然相當自由，但在男孩子面前展露肌膚可能還是有些害羞吧，只見她的臉龐略微泛紅。

「兩個人的泳裝都很適合妳們喔。嗯，真的很棒。」

雖然已經老實地宣告對同班同學泳裝模樣的感想，但看來對她們兩個人來說，這不是能夠滿意的反應。

「唔……聽到稱讚固然很開心，但新濱同學你的反應會不會太平淡了？如花似玉的女高中生展現了穿泳裝的模樣喔？」

等等，我打從內心感到很漂亮，也覺得女生的肌膚相當炫目……但不久之前才剛有過跟紫条院同學在沙發上度過一夜那種非常讓人心跳加速的經驗，所以實在很難回饋兩人希望看到的激烈反應。

「嗯，不表現更加生澀一點的反應的話會讓人有點沮喪。請好好跟山平同學看齊。」

「嗯？銀次怎麼……哦哇！」

突然往旁邊看去，就發現銀次那個傢伙正處於很不妙的狀態當中。

眼光完全被穿著泳裝的兩個女生吸引，臉龐則是紅到讓人不忍卒睹。

看來是無法承受穿泳裝的可愛女孩用「久等了♪」打招呼這種妄想般情境的破壞力，腦袋瓜子完全煮熟了。

「這才是正確的純真男孩該有的反應。我們也是帶著要穿給你們看的打算來選擇泳裝，稍微露出害羞的模樣才符合男生應有的禮儀吧？」

「對啊對啊，臉紅到這種地步的話，才能保住我們身為女生的面子吧！呵呵，話說回來，山平同學真的很純潔呢！」

說完之後，筆橋就隨手拍了拍紅著臉僵在現場的銀次的肩膀。

「唷哇啊啊啊啊啊啊啊啊啊啊！」

因為跟穿泳裝的女生接觸，銀次就像被彈飛一樣在沙灘上不停滾動。看來已經完全超過他處男的極限，處於只是稍微碰一下，心靈與身體就因為害羞而爆炸的狀態。

「哦哦——好棒的反應。那麼我也……嘿咻。」

風見原蹲在倒地的銀次身邊，用手指迅速撫過各方面都已經到界限的處男少年的後頸。

「嗚唷哦哦哦哦哦哦哦哦！」

結果銀次就像飛蝗一樣跳起來，然後再次在沙灘上滾動。

看來刺激實在是太強了，讓他的手腳有點痙攣。

「啊哈哈哈哈！哎呀～最初看見時雖然有點嚇到，不過山田同學的反應實在太有趣了！剛才跳出去的樣子就像受到驚嚇的貓一樣！」

「怎麼說呢……明明知道是不好的事情，但慌張到這種地步的話，除了可以滿足女孩子的自尊心之外，同時也加速了虐待心……」

「喂喂，妳們兩個別欺負銀次啊！」

雖然擋住兩個戲弄處男的女孩子來並且幫助銀次起身，但那傢伙的臉卻依然像煮熟了的章魚一樣紅。

這正是我剛才所說的「那個」。

（嗯，我也是這輩子才知道這個傢伙竟然誇張到這種地步……）

前世的時候，我們周圍根本沒有女孩子，這輩子我則變得會跟女孩子聊上幾句，銀次也因為我的關係而增加了跟女生接觸的機會。

結果因此而顯露出來的是……銀次對於異性完全沒有免疫力。

光是被女孩子搭話，臉就會慢慢變紅，稍微碰到肩膀和手，處男之力就會爆發，因為太過害羞而飛走或者當場倒下。

理解那種模樣不是演戲而是處男腦過熱所造成的班上同學們，覺得光明正大的笑出來太傷人了，所以只能忍住爆笑並且暗暗對銀次的反應感到有趣，現在處於把偶爾因為「接觸事故」而七顛八倒的銀次當成極度純潔的國寶為樂，並且帶著溫馨微笑守護著他的狀態。

「喂，你不要緊吧銀次！還活著嗎？」

「啊……啊啊啊啊……新……新濱……我死了也沒關係了……」

「蠢蛋！別稍微被女生調侃一下就滿足地死去！」

前世的我也是稍微碰到一下女孩子的手就有幸福的感覺，所以沒辦法指責別人，不過這種滿足度的上限實在太低了。

「怎麼說呢……我感覺得到……我高中畢業後也完全不受到女孩子歡迎……應該會把跟女孩子來海邊這一天當成我人生的巔峰，然後不斷地回想吧……」

「混蛋，別說這麼有真實感又這麼悲傷的事情！」

對於在三十歲死亡之前都認為「高中時期稍微跟紫条院同學說過話是我人生巔峰」的我而言，這樣的話語完全戳中了我的痛處！

然後，當我們演著這種愚蠢的短劇時——

女孩子們就呢喃了一句：

「不過春華怎麼這麼慢？雖然她說過要先去上廁所，所以會比較慢換裝，要我們自己先回來。」

「確實有點慢。更衣室距離這裡又不遠，也不認為她會迷路……」

聽見她們這麼說，我就反射性將視線移向更衣室。

由於仍是上午，所以有大量來到海水浴場的客人，令現場是人頭鑽動熱鬧非凡。

但或許是我下意識中尋求紫条院同學身影的緣故吧，在連自己都嚇一跳的情況下自然地捕捉到她小小的身影——

「……嗚！抱歉，我去接她回來！」

「咦？等……等一下啊，新濱同學！」

筆橋同學對突然臉色一變的我發出驚訝的聲音，但我卻不加理會只是全力在沙灘上衝刺。

跑啊、跑啊。以在早晨的通勤尖峰時間裡培養出來的穿越術，穿越幾乎看不見眼前的擁擠人群。

然後——紫条院同學就在急奔過沙灘後的前方。

似乎已經換上泳裝，不過戴著大草帽並且身上白色連帽衫前面的拉鍊拉起，所以完全看不見裡面。

只不過上半身的防禦固然堅固，一看就能知道外露出來的雪白纖足以及她本身的美貌已經完全吸引周圍男性的目光……然後又出現想要接近她魅力的害蟲。

「那個，真的不用了……我沒辦法收下陌生人的東西！」

「哎呀哎呀，別這麼說嘛。」

紫条院同學肩上提著裝有浴巾與防曬乳液的運動包包，看來才剛從更衣室出來準備要跟我們會合，然後她臉上帶著明顯感到困擾的表情。

而造成她這種反應的原因，明顯是出自於她眼前那三名看起來像是大學生的海灘褲男。

「啊……！新濱同學！你來接我了嗎！」

「咦，是妳的朋友嗎？」

從沙灘上全力奔跑過來的我出現在現場之後，她原本陰暗的表情就瞬間開朗。

「嗯，因為妳很久都沒回來，所以來接妳了。發生什麼事了嗎？」

「呃，其實是……」

「啊啊，沒有啦，沒有什麼大不了的事情。」

我一插嘴，其中一名像是大學生的男A就擅自開口這麼表示。

這傢伙跟其他兩個人的外表看起來都不輕浮。沒有染髮，也有著爽朗運動員般的容貌，而且態度也不會咄咄逼人。

但這些大概全都是為了讓對方放鬆警戒心的擬態。我可沒錯過當我出現時你們一瞬間咂舌的反應喔，搭訕男們。

「只是稍微撞到那個女孩子讓她跌倒了。所以想把不小心買太多的果汁送給她當做賠罪，但她一直很客氣都不願意收下。」

（啥？撞到人這種小事就要送果汁賠罪……？噢，等等，是這樣啊。）

原來如此，這就是「抵押品」的手段嗎？

那確實是也能應用在搭訕上的技巧。

「謝謝，但是不用了。那麼我們要回到朋友那邊去了。」

明確地拒絕，然後當場進行物理上的撤退。

找出最簡單且最佳的對應方法後就拉著紫条院同學的手準備轉身離開，但是——

「不是吧，可以稍等一下嗎？那樣我們會一直感到內疚啊！」

搭訕男C像是要擋住我們的去路般站到我們前面來。

仔細一看之下，搭訕男們都以相當火熱的視線看著紫条院同學。

看來是因為發現這名非現實等級的美少女而相當興奮。

嘖，這樣的話——

「哎呀～是這樣嗎！既然各位都這麼說了，那就只能收下了！有很多朋友在等我們，那我們就大家一起喝吧！」

我的臉上露出營業用燦爛笑容，同時像是搶奪般從搭訕男B那裡把塑膠袋接過來。

到剛才為止都露出嚴峻表情的我，突然改變態度的模樣似乎讓搭訕男們出乎意料而僵在現場，於是我就又加上一大串話。

「啊哈哈，她有點嚇到了！其實剛才看到搭訕的人！男性把果汁和零食之類的交給女生，然後趁對方產生『拿人手軟』意識時，大剌剌地詢問『妳從哪裡來的？』還有『一起吃中飯嘛』之類的！」

「……嗚！」

自己的手法被赤裸裸攤開來的搭訕男們臉部開始抽搐。

這是在營業上經常使用的手法，我擅自將其命名為「抵押品」。

把價位稍高的試用品或者零食等送給對方，讓對方稍微產生「欠人情」的想法，接著再請對方填問卷或者介紹商品就比較不會被拒絕——這就是利用這種心理弱點的初步技巧。

這些傢伙因為預測以「嘿小妞！要不要跟我們一起玩～？」這種傳統搭訕戰術來挑戰的話

成功率也很低，所以就使用了比較看不出色心的外表以及心理弱點。

（說起來呢，只是稍微撞到一下就要謝罪什麼的，這藉口實在有點太勉強了。想強行找出接點的企圖實在太過明顯。）

原來如此，我現在拿著的塑膠袋裡面裝著三瓶中尺寸的寶特瓶飲料。這是勉強能夠收下，但還是會忍不住覺得「有點不好意思」的量。

「因為發生了那樣的事，所以不由得就對幾位大哥哥提高了警覺！各位明明單純只是想要道歉才會送我們飲料，真是太對不起了！我跟朋友們都口渴了，所以真的很開心！」

「嗯……是啊……」

我誇張的笑容與大嗓門，讓搭訕男們只能發出呻吟。

周圍的視線也稍微聚集過來了，他們現在應該很難下手又想不出其他辦法吧。

「那麼我們就先告辭了！好了，我們走吧！」

「啊，好……好的！」

就這樣單方面宣告後，我就伴隨著紫条院同學離開現場。手中王牌遭到識破而氣勢一瀉千里的搭訕男們，這次就沒有再阻止我們了。

＊

第二章

海邊的天使

一起在沙灘上跑了一陣子，混在人群裡面後一下子就看不見那幾個搭訕男了。

好了，拉開這麼遠的距離應該就沒問題了吧。

「呼……妳不要緊吧，紫条院同——」

話說到一半才注意到。

我的手指正跟紫条院同學纖細的手指緊緊交纏，從離開剛才的現場一直到現在，我們一直都緊緊牽著手。

「哇哇……！抱……抱歉！」

「啊……」

我急忙放開手後，紫条院同學就像是放開家長大手的小朋友一樣，發出了感到依依不捨般的聲音。

這是……因為剛剛才被搭訕，所以我的手多少能讓心情安定下來的緣故嗎？

「嗯，那個……謝謝你，新濱同學。」

穿著連帽衫的紫条院同學怯生生地這麼說道。

「突然就說要請我喝飲料，正因為不懂他們想做什麼而感到困擾……那個就是所謂的搭……搭訕嗎……」

看來就連這名天然呆的少女都能理解那種行為的意義，從她的臉上可以看出些許膽怯以及動搖。

一般來說，「搭訕」這個字眼沒有帶太多危險的氣息，但實際上十多歲的女孩子被陌生男性固執地搭話當然會感到害怕。

「那個……抱歉！身為把妳帶到海邊的主辦人，我應該更加提防那種輕挑的笨蛋才對！」

我深深低下頭來。

雖然好不容易擊退那幾個傢伙，但是我應該注意不讓紫条院同學跟那樣的傢伙接觸才對。

「咦！沒……沒什麼好道歉的吧！新濱同學不是來救我了嗎！」

「沒有啦，明明知道夏天的海邊可是搭訕的溫床，這時讓像紫条院同學那麼可愛的女孩子踏入這種地方，當然會發生那種事情。即使只有短時間，也不應該留妳自己一個人。」

「～～～嗚！新……新濱同學真是的！請……請別像剛才那樣隨口就說出可愛什麼的話！就算是奉承也會感到害臊啊！」

等等，那不是奉承，我是百分之百認真的啊……

實際上，剛才發生搭訕騷動時，周圍男性們的視線就全都被紫条院同學奪走了。

「那個，不過……真的很謝謝你。」

在來來回回的海浪引起的海潮聲之中，紫条院同學吞吞吐吐地表示：

「有三個男生，而且不知道他們要做什麼，讓我真的很害怕……這時新濱同學就來救我，

我真的很高興。呵呵，就像家人趕過來一樣，真是令人安心。」

「……嗚。」

紫条院同學以由衷感到安心般的模樣邊笑邊這麼說道，從她眼睛裡洋溢出的信賴感深深地滲透到我的胸中。

不過話又說回來了，家人這個顯示最高等級親密度的單字真是讓我屏住了呼吸。即使是我，內心也很容易就被這名天真少女所說的話激起漣漪。

「但是真不愧是新濱同學……連面對好幾個年長的對象，都能只用言詞就讓他們安靜下來，真是太厲害了。」

「沒有啦，那不算什麼。不像漫畫或者輕小說主角那樣帥氣，只是極為普通的方法。」

少年漫畫的熱血主角應該會大聲斥責來擊退那些搭訕男，但擁有社會人士經驗的我因為早就深受「笨蛋惱羞成怒的話不知道會做出什麼事」的觀念影響，所以腦袋總是會忍不住思考和平解決事情的方法。

如果只有我一個人的話就算了，但絕對不願意出現搭訕男們發飆而讓紫条院同學感到更加害怕的情形。

「啊哈哈，話說回來，輕小說裡面經常可以看到女主角在海邊被男性搭訕的情節呢！」

「是啊是啊，一定有這樣的情節！然後大都是主角會過來這麼說。」

實際上，要是有像今天的紫条院同學這種女主角等級的可愛女孩子在沙灘上，一定會有很高的機率受到搭訕吧。

然後要解決這種情況時，主角會說的話一定都是這樣。

「『那女孩是我的女朋友！別亂來！』之類的！啊哈哈……哈？」

之所以會以耍帥表情說出這樣的台詞，完全是考慮到對話過程而開個玩笑。只不過是想用輕小說經常會出現的哏來逗紫条院同學笑罷了。

但是——聽見我這麼說的紫条院同學，卻出乎意料地臉越變越紅。不要說發笑了，她甚至露出了頓時說不出話的表情，瞪大了眼睛盯著我看。

然後……看見少女的這種模樣，我感覺自己整張臉也跟著變燙。現在我們應該同時變得滿臉通紅了吧。

「…………………」

「…………………」

某種有點尷尬又有點害羞的奇妙沉默降落在已經形成的獨特氣氛當中。

糟……糟糕……得想辦法打破這種氣氛才行。

「呃，那個……話說回來，幸好紫条院同學還穿了一件連帽衫！要是直接露出穿泳裝的模樣，魅力就會加倍而那些搭訕男可能就更加不願意放棄了！」

第二章

海邊的天使

「是……這樣嗎？」

聽見我刻意以開朗口氣所說的話之後，紫条院同學就丟出這麼一句話來回應我。

很好，就這樣恢復成原來的氣氛……！

「嗯，那是當然的了！沒有男生會不喜歡可愛女孩子穿泳裝的模樣！」

「……那個，這樣的話……」

當我提出這種常見的論點後，不知道為什麼紫条院同學就把掛在肩膀上的運動包包放到沙灘上。

「希望你能……最先看到我穿泳裝的模樣……」

脫下戴著的草帽後，紫条院同學豐沛的黑髮就在陽光底下飄動著。她的臉頰依然很紅，聲音變得有點苦澀。

紫条院同學的手朝著連帽衫的拉鍊伸去。

然後像是在忍耐著害羞的心情般緩緩拉下拉鍊。

這樣的行為原本沒有包含任何情色的要素。

泳裝上穿著連帽衫，在看到海洋時把它脫下來也是很自然的行為。

但是原本隱藏起來，現在隨著害羞一點一點露出來的，是紫条院同學主動想讓我先看見的模樣……讓人不由得感到極度煽情。

緊接著——將終於離開身體的連帽衫輕輕放在沙灘的運動包包上。沒有任何阻擋視線的東西了。

「那個……怎麼樣呢……？」

海邊的天使降臨在我的眼前了。

紫条院同學的泳裝是分為上下身的比基尼，上面的白色與藍色格子圖案讓人能同時感受到本人的清純以及夏天的清新。

帶著白色褶邊的上身無法完全覆蓋她豐滿的胸部，可以看見深邃的乳溝，解放出平時封印在服裝底下的絕大戰鬥力。

下身的腰部兩側也縫著可愛的褶邊，露出來的雪白且修長的腿，以及毫無防備的肚臍看起來相當耀眼。

「————」

思考停止了。

身為男性的腦容量飽和了，甚至因為心靈的感動而滲出淚水。

不是用奪走目光或者緊盯著看就能形容的程度。

因為實在太美，讓我完全失了魂。

這下子如果她的背部有白色翅膀的話，我就會浮現「啊啊，果然是真正的天使」的想法並

第二章
海邊的天使

且就此深信不疑吧。

「那個……新濱同學……？」

接著紫条院同學就以不安的表情看著說不出話來的我。

明明擁有這麼可愛，任誰都會為之著迷的美貌，少女卻像隻小動物一樣縮起身體，眼睛往上看著我這邊。

那種模樣，還有純真的心——比她的容貌更加可愛。

「啊，嗚，嗯嗯……那個……」

其實很想就這樣一直愣愣地望著紫条院同學，但還是靠意志力把被奪走的視線與靈魂拉回自己的身體裡。不能讓她繼續等下去了。

「那個……我有生以來首次知道，人會因為女孩子太漂亮而流眼淚。」

「咦……」

「太過可愛了，實在不知該如何形容才好……不過那件泳裝很適合妳，真的很有魅力。」

「————嗚！」

占據我內心的感動在維持著激情的情況下化為驅動的引擎，讓超越羞恥與害臊的台詞脫口而出。

雖然是從貧瘠的語彙能力當中擠出的發言，但紫条院同學還是露出開心到受不了般的燦爛笑容。

「謝謝……！能聽見新濱同學這麼說，真的……真的很高興！」

炫目的泳裝模樣與太過於美麗的笑容合為一體，在海邊開出漂亮的花朵。

啊啊，果然——我喜歡的女孩子是世界上最可愛的。

第三章
在搖搖晃晃的海洋上

在享受過能最先拜見紫条院同學穿泳裝的模樣這種無上光榮之後——

我們就跟銀次他們會合，這時提到從搭訕男的魔掌中拯救了紫条院同學的事情，筆橋跟風見原就不停低頭對紫条院同學道歉說：「「抱歉留妳一個人在那裡……！」」。

「實在沒想到真的會有像漫畫老哏那樣的搭訕男會跑過來……我們太天真了。有沙朗牛排掉在地上的話，當然會有鬣狗不斷聚集過來……」

「嗯，明明女孩子之間應該提高警覺才對，對不起喔，春華。烤雞果然不能走在飢餓的狼群裡面……」

「不會，其實沒關係啦……不過為什麼妳們兩位的比喻完全都跟肉類有關呢……？」

「沒有啦，看見妳穿泳裝的模樣，自然就……」

「因為……妳知道的嘛……？」

兩人的視線放在紫条院同學卡路里平均分配後長得極為豐滿的身體，然後露出像要表示「到底吃什麼才能擁有這副完美身軀……？」般混雜著感嘆與羨慕的表情。

「不過新濱……你這傢伙，看見紫条院同學穿泳裝的模樣後，沒有興奮到昏倒嗎？」

銀次把臉湊到我耳朵旁邊，接著小聲地這麼詢問。

大概是想說「還以為平常就高舉著紫条院同學至上主義的你，看見她穿泳裝的模樣後腦袋應該會燒焦吧」。

「不，我沒有昏倒喔。嗯，確實因為紫条院同學的泳裝打扮實在太美而忘記呼吸幾秒鐘就是了。」

「一般人可能會當成開玩笑，如果是你的話應該是真的吧……你這傢伙，想活著就要更小心一點啊……」

銀次以傻眼的樣子這麼說道。

喂，雖然你這麼說，紫条院同學以害羞模樣一邊拉下連帽衫拉鍊的時候……怎麼說呢，真的很厲害喔。

「話說回來，銀次。你這傢伙看見紫条院同學的泳裝打扮倒是沒什麼反應耶？是因為看見筆橋同學跟風見原同學的泳裝打扮後羞到快死掉而有了抵抗力了嗎？」

「噢，沒有啦。就覺得死盯著朋友心儀的女孩子穿泳裝的打扮似乎不太好，所以看見紫条院同學的時候不是瞇起眼睛就是移開視線來避開直視。」

「難怪從剛才就覺得你幹嘛一直瞇眼……你這傢伙人也太好了吧……？」

老實說，確實不願意讓除了我之外的男人看見紫条院同學穿泳裝的模樣，只是沒想到你還會顧及這樣的男性心理……

「好了！那麼既然全員到齊了，我們快點到海裡去吧！啊，不過在那之前所有人都要做熱身操！只有這個是絕對不能輕忽的事情！」

運動少女筆橋啪一聲拍手著來催促眾人，看見紫条院同學泳裝打扮後已經感到滿足的我，這才想起我們原本是要來海邊玩的目的。

就這樣——跟女孩子在海邊玩這種前世不可能出現的一天，隨即進入了下一個階段。

*

「啊哈哈哈哈！美月同學真是的！請別這樣一直潑我水啦～！」

「呵呵呵呵……！春華，恕我難以從命！因為跟朋友一起來海邊打打鬧鬧，讓我現在處於人生最興奮的狀態……！」

從海岸邊凝視的前方，正演出著一副只能說是眼福的光景。

紫条院同學跟風見原同學兩個人在淺灘裡，很開心般互相潑著水，兩個人看起來真的都很高興。

而且不只是紫条院同學，風見原似乎也是交友關係相當貧乏的類型（說她是孤鳥又會氣到滿臉通紅），目前正專心於像那樣跟朋友在海邊打鬧的情境中，展現出前所未見的興奮表情。

（雖然眼睛有點不知道該看哪裡就是了……）

風見原帶有莫名的大叔性情，偶爾會對紫条院同學的身軀發動攻擊，讓她一邊紅著臉並且發出「哇呀！」的奇怪聲音。

對於這樣的行為，紫条院同學也說著「真……真是的，美月同學竟敢這麼做！那我也要這樣！」，然後展現抱緊風見原一起沉到海裡的可愛攻擊技，但少女們濕濡的泳裝緊貼著肌膚互相摩擦的光景著實令人心癢難熬。

順帶一提，筆橋則是放聲叫著「是海啊啊啊啊啊！要游泳了喔喔喔喔喔喔喔喔！」然後展開突擊，完全發揮出她運動少女的本領。目前正在略微靠近海洋的地方，以宛如鯊魚般的速度奮力游泳，可以看見她濺起的水花。

（太好了……看起來大家都很開心。）

像這樣看著心儀對象與朋友們由衷感到開心的模樣真的是很讓人高興的一件事。

自己提案的活動能讓其他人露出笑容，這在前輩子是很難出現的事情，所以也讓我更加地感動。

「新濱少爺，玩得開心嗎？」

「咦？啊……夏季崎先生！」

不知道什麼時候，這次幫忙擔任司機的夏季崎先生已經出現在坐在大遮陽傘底下的我旁邊。

或許是配合場地的緣故吧，他已經從西裝換成夏威夷衫，外表看起來完全是帶小孩來海水浴場玩的爸爸。

「原本是為了不打擾到大家而打算退到旁邊……不過還是得跟新濱少爺道聲謝。」

「道謝……嗎？」

「是啊，我是指那幾個試圖接近大小姐的輕浮搭訕男的事情。其實那個時候我差點就要插手了……不過被您搶先了一步。您發現危險的速度以及之後和平的擊退方法都相當精彩。」

「咦……！您在那麼近的地方嗎？」

既然知道得如此詳細，那一定是在很近的地方聽著，但是我完全沒有注意到。

話說回來，剛剛來到我身邊的時候也完全沒有聽見腳步聲……

「是的，為了不讓大小姐以及她的同學們被捲入麻煩之中，我一直都在遠方守護著，因為那樣的事態而急著跑過來……結果大小姐被纏上不到一分鐘新濱少爺就趕到現場，老實說我真的嚇了一跳。戀愛的力量果然十分強大。」

「沒……沒有啦……您太過獎了……」

夏季崎先生似乎是真心感到佩服，不過我的戀愛腦之所以會在下意識中從混雜的人群裡搜尋紫条院同學，從某方面來說也像是個跟蹤狂一樣，所以實在驕傲不起來。

「而且光靠對話就讓那群人知難而退真的幫了很大的忙。如果他們訴諸暴力的話，我就得插手跟他們『談一談』了。」

「咿……」

平常全身穿著西裝所以看不出來，但是散發夏威夷氣息帶著平穩笑容這麼說道的夏季崎先生，他的身體雖然瘦但是卻有著媲美警察或者職業軍人的強壯肌肉。那很明顯不是一般司機所需要的肌肉。

而且……口氣跟表情雖然平穩，聲音裡面卻帶著對於搭訕男們的沉靜怒氣。紫条院同學果然也非常受到家中那些傭人們的喜愛。

「總之正因為新濱少爺趕到，大小姐才沒有繼續感到害怕，也才能像那樣享受在海邊的時光。我許多同事也都幫你們加油，請今後也務必以深厚的愛意和堅強的心靈繼續努力吧。」

「那個……難道說在紫条院家工作的人，大概都知道我喜歡紫条院同學的事情了……？」

「哈哈，不要說大概了，紫条院家的所有人都知道嘍。」

「呼啊！」

「因為這在我同事之間是最熱門的話題啊。大家都知道那一天您跟沒有大人樣的老爺抗衡一事，最重要的是夫人好幾次很開心地當成話題。不知道的就只有大小姐本人……」

等等，咦咦咦咦咦咦？秋……秋子小姐，為什麼要做這種事啊！為什麼要對整家人提及我的戀情呢！

「哈哈哈，看來您似乎非常驚訝，我也差不多該退下了。噢，還有——」

像是覺得感到驚訝的我很有趣般笑了起來，接著夏季崎先生就轉過身子。然後背對著我在離開前丟出這樣一句話。

「我想不輸給大人的貼心以及冷靜正是新濱少爺您的優點——但身為一個拘謹地過完年輕時代的大叔，我建議您在這種時候可以放得更開一點喔。」

這麼說完後，隱性肌肉司機就離開了。

對於有著相同大叔時代經驗的我來說，夏季崎先生的一番話可能比他想像中給我更多的感觸。

「我果然看起來不像個年輕人嗎……」

在火熱陽光照耀下，我這麼自言自語著。

我現在的精神年齡大概非常接近高中生吧。

年輕的肉體果然會對精神產生強烈的影響，現在的自己絕非前世那個三十歲的自己。

但話又說回來……以大人的眼光來看，跟普通高中生相比果然處於過於沉穩的狀態。也被時宗先生說過沒有年輕的活力了。

當我想著這些事情時——

「新濱，你在做什麼啊啊啊啊啊啊啊啊啊啊啊！」

「哦哇！銀……銀次？」

夏季崎先生離開後，取而代之來到現場的是似乎剛從海裡爬上來，渾身濕透的矮小娃娃臉短髮男——山平銀次。

不過這傢伙不像平常的他，整個人顯得相當興奮就是了……

「我從剛才就看著你了，不是坐在大遮陽傘底下就是在沙灘上走動到底是怎麼回事？不要光看著其他人玩得很開心，然後自己也很高興般露出微笑啦！你是在守護孩子的爸爸嗎！」

「咦，沒有啦，你這傢伙……為什麼興奮到這種程度……？」

我還是首次聽見這傢伙發出這麼大的聲音。

那種拋開一切的模樣是怎麼回事。

「哈哈哈！其實剛剛才在海裡被筆橋同學跟風見原同學偷偷戳了一下，然後就變成像是飛魚一樣躍出水面的玩具！不停被女孩子戲弄的幸福讓我突破了極限，腦袋終於傻透啦……！」

「呃，是喔……」

第三章
在搖搖晃晃的海洋上

看來夏天的海邊這個地點帶來的效果，還有對處男的刺激太過強烈，給他的腦袋造成太重的負荷，終於燒壞然後噴出火來了。這時候整個人的情緒就像是連續喝了三家居酒屋一樣。

「總之我要把你帶走！嘿呀！」

「喂，咕呃！」

突然間，銀次的右臂繞過我的脖子，像是鎖頭功一樣緊緊抓住了我。

然後直接往大海跑去，同時不斷把我拖走。

「喂……喂！等一下！你這傢伙是怎——」

「雖然不知道你是發生了什麼事才有那麼大的改變！」

咦——

「我現在變得很笨了所以就直說嘍！對跟你是多年朋友的我來說，你改變形象的程度根本是讓人難以置信的等級，甚至覺得絕對是從異世界回來才能說明的程度！外表沒有什麼太大的變化，但是內在經過強大的升級，竟然做什麼都相當順利！」

突然聽他這麼說的我瞪大了眼睛，而銀次只是繼續拖著我繼續從沙灘朝海洋靠近。

「但是呢！變得沉穩和從容固然是不錯，但別在來到海邊時也發揮這種本領啦，蠢蛋！在這種情境下不變成傻瓜怎麼行呢！要上嘍——！」

「銀次，你……咕噗！」

當我因為上輩子持續至今的友人所說的話而感動時，突然整個人就被丟進海邊的淺灘裡。

不小心喝到嘴裡的海水帶著刺激的鹹味擴散到整個口腔。

「咳咳、咳咳，喂，你這傢伙到底……做……？」

「呵呵，歡迎啊新濱同學。大家都在等你喔。」

從海裡露出臉來後，站在我眼前的不是銀次而是紫条院同學。

長髮已經綁成馬尾，正對我露出相當開心的笑容。

然後她的旁邊站著筆橋與風見原，不知道為什麼咧嘴露出笑容來看著我。

怎……怎麼了？這是什麼情況？

「聽我說，女孩們！這傢伙明明是主辦人，卻獨自在海邊裝出成熟大人的模樣很開心般望著我們，真的很不合群！因此從現在開始要開始第一屆『弄濕耍帥的新濱大會』！」

「等等……！」

比平常興奮一百倍左右的銀次，毫不害羞地昂首對女孩子們這麼說道。

這傢伙淨會說別人變了，你才是在短時間裡有最大變化的人啦！

「嗯，這是個好點子喔，山平同學！因為我也覺得新濱同學完全不夠濕，讓我感到有點孤單呢！」

「紫……紫条院同學？」

率先帶著燦爛笑容表示贊成的是我的意中人。

她已經玩到流下許多汗水，情緒沸騰到了最高點，看起來相當享受夏天的海洋這個空間。

「呵呵呵，勸你還是放棄吧新濱同學……！這不只是山平同學，而是我們所有人的意見，說起來獨自待在大遮陽傘底下已經是有罪了吧！」

「對啊對啊！這樣到底為什麼要來海邊！大家一起放空腦袋，盡情狂歡吧！」

一看之下，風見原跟筆橋的意識也完全染上夏季的氣息，臉上露出惡作劇孩子般的竊笑。

這……這是……

難道是大家都喝醉了，只有我沒喝酒的宴會……？

「吃我一記，新濱——————！」

「啊哈哈哈！請覺悟吧，新濱同學！」

「呵呵，讓你濕透！」

「啊哈哈哈哈！就是那樣！」

「喂，噗呸！咳咳……！」

朋友從周圍一起對我潑著海水的白色水花，我一瞬間就變成落湯雞。

但是……那樣反而有種舒服的感覺。

因為太陽的熱度而變溫暖的海水觸碰著肌膚的感觸，以及強烈的潮水氣味，將我的心導往懷念的情緒。
想起很久很久以前——我的主觀時間已經是二十五年以前的幼年時期，只是單純帶著閃閃發亮的眼睛看著海洋，然後跟家人還有朋友盡情玩樂時的事情。
啊啊，對喔——
現在的我，應該還能算是個孩子。
只要單純地享受現在這段時間就可以了。
「呵……呵呵呵……！看你們幾個幹的好事！我也得好好回報才行了！」
帶著逐漸發熱的身體與心靈，我像要用雙手把水面舉起來一樣濺起水柱，引起的小小飛沫噴向眾人後大家都發出開心的悲鳴。
「啊哈哈哈哈！被新濱同學潑水了！」
被我濺起的水花潑中的紫条院同學，在頭髮濕濡的情況下，露出了宛如小孩子一般天真無邪的笑容。
「不過真是太好了……！看來新濱同學也很享受呢！」
「……嗚！」
紫条院同學帶著安心感的聲音，讓我了解到大家都在為我擔心。
確實……友人們享受的模樣看起來很開心，讓我也忍不住只是在旁邊觀看。對其他人來

說，我看起來就是讓自己待在人群之外吧。

然後為了改善這種情況，銀次負起強行把我拉回來的責任。

「好……！接下來我也要認真地享受海洋了！首先是把我丟進海裡的謝禮，銀次——！」

「噗哦！咳咳，喂，你這偷襲也太突然了吧……」

「哈哈哈哈！聽不到啦！誰教你自己要這麼大意！」

我毫不客氣地用水潑向銀次的臉龐，然後像變回小學生般笑著。

眾人的熱情也影響了我，讓我的腦袋逐漸變得簡單。

跟朋友打水仗這種小孩子才會玩的遊戲，這時變得極為有趣，讓人想一直玩下去。

「好——接下來該輪到我了！最好有所覺悟，我會讓你們所有人嘴裡都是鹹味！」

「呵呵，求之不得！早就在等待如此配合的新濱同學了……！」

「新濱同學倒是很會說大話嘛！早就掌握你被春華潑水會陷入幸福的心情而停止動作的弱點了！」

「看我的反擊！讓包含山平同學在內的男生全都濕透！」

「咦！什麼時候我也變成敵人了？」

就這樣——完全變回小孩子的五個人，邊笑邊毫不厭煩地打著水仗。

帶著在夏天海邊興奮地像傻瓜一般的心情，臉上一直掛著覺得對方實在太過搞笑的純粹笑容。

＊

時間已經過了上午，大玩特玩的我們決定在海之家吃午餐，不過這時候紫条院同學亢奮的程度完全出乎我的意料。

「海之家！真正的海之家嗎！有生以來初次見到……！」

從站在店門口開始，紫条院同學就像是跟憧憬的文化遺產邂逅了一樣眼睛閃閃發亮，在目擊到圍著小茶几般桌子坐到榻榻米上的形式後，整個人就越發興奮了。

「哇～！哇～！真的跟漫畫一樣坐在榻榻米上耶！還有這個復古的電風扇發出『嗡嗡』的聲音旋轉，加上這種吵雜熱鬧的氣氛……啊啊，真是太棒了！」

對於現場的一切眼睛都閃爍著光芒大聲嚷叫的天使少女，讓我們一起因為這種溫馨的模樣而笑逐顏開。看著紫条院同學因為這種事情而如此高興的純潔模樣，不論是誰都會忍不住產生帶著小妹妹或者女兒來玩的家長般心情。

「春華那種漂亮的模樣加上天真無邪的個性真的很犯規……我要是她的家長絕對會溺愛她的。」

第三章

在搖搖晃晃的海洋上

筆橋看見紫条院同學那種天真爛漫的模樣後，感觸良多般這麼表示。

聽完她這麼說的我，想起來的果然是超溺愛女兒的時宗先生。

（現在想起來，應該從小就以那種可愛模樣說著「炒麵好好吃！」或者「最喜歡爸爸！」了吧。也難怪那個人會變成如此寵愛女兒的爸爸。）

當我茫然想著這種事情時，點好的餐點就迅速被送了上來。

並排在桌子上的是烤玉米、章魚燒、烤花枝、炒麵等常見但是最棒的品項，略焦的醬油與醬料香味強烈地刺激著我們早已餓扁的胃。

「哇啊……！全都是我喜歡的食物！在肚子餓的時候看到這些真的會忍不住呢！」

「哈哈，話說回來紫条院同學很喜歡這種在祭典時出現的食物吧。校慶的時候也吃得津津有味。」

「哦……就連身為好友的我都不知道這件事。新濱同學真的很了解春華呢。」

「嗚……」

筆橋咧嘴露出壞心眼的笑容這麼說道，我為了從眾人眼前隱藏自己發燙的臉頰而別開臉。

看來調侃男生時會露出小惡魔般表情的不只有我們家的妹妹，這似乎是女孩子之間共通的反應。

「啊啊真是的，總之快吃吧！我要開動了！」

為了隱藏害羞的心情而如此宣告後，大家也開始把手伸向食物。

好了，那麼我也——

（咦？怎麼覺得特別好吃？）

在吸著炒麵的我心裡，自然地浮現這樣的感想。

排在眼前的料理應該只用了普通的食材，但是卻覺得比在家裡吃的美味好幾倍。

「等等，原來是這樣。這就是跟同伴一起玩時品嘗的料理會出現的味道……也就是現充食物的美味吧。」

除了海邊這個地點之外，還要加上交情很好的朋友與心儀的女孩子，食物的味道似乎就會產生如此劇烈的變化。

也就是說，我的內心感覺到前所未見的充實感。

「話說回來，春華……妳吃那麼多都不用擔心體重嗎？之後要減肥會很累喔？」

紫条院同學在亢奮狀態下不斷征服海之家各種食物的食慾旺盛模樣，讓風見原開口如此詢問。

紫条院同學確實吃了相當多……

「啊，是的。我就算吃很多也不會胖。所以沒什麼減肥的經驗……」

「啥……啥啊啊啊！妳到底有什麼作弊的身體啊？是營養全部跑到胸部去的機制嗎！」

「等等，咦咦咦咦！什麼都沒做就有這種身材？我可是在社團裡跑到快死掉才終於能燃燒熱量的喔！太……太狡猾了！」

「呃，嗯……那個，對……對不起……？」

面對忍不住羨慕大叫的風見原與筆橋，紫条院同學以困擾的表情做出謎樣的謝罪。

嗯，其實不僅是這兩個女孩子，對於一般的女性來說，什麼都沒做就能保持那種完美體態，確實會想要表示太作弊了。

（…………糟糕。不小心就想起紫条院同學穿泳裝的樣子了。）

吃著午飯的現在當然不可能還只穿著泳裝，在場的所有人都加上了連帽衫。但是到剛才都還能看見的天使般豔麗泳裝打扮，卻還是不停地在我腦海裡重複出現。

（啊——夠了，快冷靜下來，我的煩惱！還是社畜的時候總是因為太忙而頭昏腦漲，明明還算年輕卻對異性沒什麼興趣……結果正處於青春期的這副身體反而是男性本能太過強烈！）

為了掩飾擅自發燙的腦袋散發的熱量，我隨即咬著烤玉米並將冰涼的可樂灌進喉嚨。碳酸在乾渴的喉嚨裡炸裂，讓色心大起的腦袋稍微冷靜下來。

「……嗯，嗚喔！你……你是怎麼了，銀次？為什麼在哭！」

突然往旁邊一看，就發現我最好的朋友望著吵吵鬧鬧的三個女生，像是看著什麼尊貴的東西一樣靜靜地流著眼淚。

「啊，抱歉……像這樣在海裡玩然後跟女孩子們一起吃午餐……很難相信自己竟然待在這宛如動畫般的現充空間，實在太過高興……眼頭就不禁濕潤了起來。內心充滿感慨，連這盤醬料味道濃厚的炒麵吃起來都像在嚼蠟……」

「有……有這麼誇張嗎……」

銀次這時心情變得跟畢業典禮當天簌簌流下眼淚的女孩子一樣，露出了一副感慨良多的模樣。

明明到剛才都因為被女孩子捉弄而腦袋少了一根筋，現在卻散發出「我這一生無怨無悔」然後即將往生的氣氛。

「就算這樣也別哭哭啼啼的啊……哎，我很能懂你的心情啦。」

實際上，就連提出這個到海邊玩企畫的我，都無法相信眼前這種彷彿青春動畫般的狀況。

我身負前世成為大人時的經驗。

因此在學校功課這種只要努力就能有所收穫的事情，或者影響他人等方面確實占了一些優勢，但是在交友能力上就不是這樣了。

沒有跟任何人建構起深厚羈絆就結束寂寥人生的我，根本沒有交朋友以及受到女孩子歡迎的能力。

（所以才會持續埋頭於實行接近紫条院同學的作戰……而那樣的行動也拓展了我的交友關

係。）

說起來那也是我的行動所帶來的結果，但有很大的原因是現場包含紫条院同學在內的四個人具備了能夠接受我的心胸。

因為在別人眼裡，我怎麼說都是從某一天開始就像換了一個人般性格大變的傢伙，由原本只是保持沉默的陰沉角，變成了埋頭猛衝的行動派。

在場的眾人都正面看待我這種莫名奇妙的變化以及對青春復仇的活動。他們包容了變化程度之大，就算被覺得噁心敬而遠之也沒辦法說什麼的我。

由於上輩子的職場可以說是人渣的熔爐，真的讓我深深體認到現在自己周圍的人有多麼地優秀。

「應該覺得最噁心的你，卻打從一開始就對我的變化一笑了之……真的很感謝你。」

「啥啊？這麼說好像有點唐突，不過好友變開朗了哪會有什麼困擾？嗯，更重要的是……你別大吃特吃然後躺著睡午覺啊。下午你也必須好好地醒著才行。」

「啥？那是什麼意思？」

在女孩子們嬉鬧的聲音仍迴盪在空間中時，銀次就說出讓人摸不著頭腦的話。

必須要醒著……這是什麼意思？

「哎呀，總之我、風見原同學還有筆橋同學都在為你加油啦。」

「？？？」

銀次以帶有深意的口氣，說出了包含我不太了解意思的內容。由於實在想不透他那一席話的含意，讓我忍不住歪起了脖子。

＊

原本沒有特別一書價值的海之家料理，嘗起來卻相當美味，我們一瞬間就掃光了擔心「會不會點太多了……？」的大量餐點。

或許是跟我一樣，大家都因為地點而感覺到特別美味吧，每個人都全力發揮出年輕人才有的食慾。

緊接著就迎接今天這個日子的下午——

「呼……實在有點興奮過頭了。」

我就像在海上搖搖晃晃的樹葉一樣這麼呢喃。

十多歲年輕人的體力果然不容小覷，即使到了下午眾人的力量依然沒有絲毫減弱。

田徑社的筆橋展現微微曬黑的小麥色肌膚，看起來很開心般對男生們說著「嘿，男孩們！跟我比賽游泳吧！」來對我跟銀次提出遠泳對決的申請，而我們兩個也理所當然地慘敗在她手

下。

由於現役運動少女說著「咦，已經擊沉了？還不到一公里的距離耶？」這種極為瞧不起人的話，我們兩個內向的御宅族就大聲提出「「別以運動社團的基準來判斷！」」的反駁。體育社團的人老是喜歡用自己超人般的體力作為標準，真的很讓人困擾。

（筆橋真的很有精神……不對，風見原明明也是阿宅這邊的人，今天卻大鬧了一番……）

拿下眼鏡的風見原加上那身泳裝打扮後醞釀出一股跟平常不一樣的成熟氣息。不過內在還是平常那個我行我素的少女，突然就說出「我想被埋在沙灘裡面，請幫幫忙吧」的要求。

這個立刻就想實現像是接收到什麼電波般靈感的傢伙雖然有點讓我們嚇一跳，但所有人還是帶著一定的期待挖洞並且確實把她埋進去。

看來她似乎是想進行什麼熱砂減肥——

「好燙啊————！這……這個不行！感覺好像變成甕仔雞！連骨頭都要熟透了！」

從地底下衝出來的砂浴少女很快就宣告棄權，看見她這種模樣的我們，就在渾身是沙子的情況下忍不住噗哧一聲笑了出來。看來是陽光太過強烈，讓沙子的溫度變得太高了。

嗯，就像這樣盡情玩樂了一番——來到下午後又過了一段時間。

「跟合得來的傢伙一起出來玩真的很開心……可能稍微了解現充老是喜歡到海邊來的理由了。」

輕輕漂浮在海上的我茫然如此呢喃著。

跟好友一起來海邊比想像中更加開心。

在燦爛的太陽光照射下，待在海裡互相潑水嘻鬧之後，腦袋裡面多餘的事情全部消失，像是回歸孩提時期般只剩下「開心」。

話雖如此，從上午一路盡情玩到下午的我還是會覺得有點累。

因此剛好剩下我一個人的這段時間，就打算在海水浴場角落的無人地點休息一下——

「……新……濱……！」

「嗯……這個聲音是……？」

雖然夾雜在海浪聲裡面聽不太清楚，但腦袋還是敏感地對傳到耳朵裡的微小聲音產生反應。

這是因為，對我來說那是絕對不會錯過的聲音。

「新濱同學！這邊這邊！」

「咦？紫条院同學……？嗚哇！那……那是什麼？」

視線往傳來聲音的方向移動，就發現浮在水面的巨大塑膠製墊子占據了整個視界，讓我瞪大了眼睛。

由於灌了空氣讓它膨脹，所以就種類來說算是游泳圈（？）吧。令人驚訝的是它的尺寸。

似乎可以讓兩名大人躺在上面，簡直就像是漂浮在海上的雙人床。

「呵呵，謝謝你正如期待的反應。這個很厲害吧！」

從漂浮床墊（擅自如此命名）後面探出頭來的紫条院同學，似乎對我的反應感到滿意。看來她是推著這個龐然大物緩緩游到這裡。

「從倉庫裡把這個小時候一看就愛上並且懇求爸媽買下的東西拖出來了！剛剛才灌好氣，很想讓新濱同學看一看，就把它運過來了！」

以快活的笑容介紹著珍藏已久的玩具，紫条院同學嘩啦一聲從水面跳到漂浮墊子上並且在邊緣坐下。

從稍微接近小麥色的肌膚滴下的水滴，發出啪答啪答的聲音落到漂浮墊子上。

那種模樣看起來莫名地煽情，讓我的臉頰開始微微發燙。

「新濱同學也上來吧！看你好像有點累了，請坐著休息吧！」

「咦！」

開朗地這麼說完，紫条院同學就用手拍了拍身旁的空間。

就跟平常一樣，她的臉上帶著天真無邪的笑容，看來完全沒有發覺自己的邀約對於眼前的處男造成什麼樣的衝擊。

（咦，等等，那當然是很高興啦……！）

光是坐在旁邊就讓我現在還在臉紅了，何況現在我們都穿著泳裝。

在真正只有最少程度布料面積的狀態下並肩而坐，帶著跟前幾天在自己家中沙發上坐在一起時完全不同的危險性。

話雖如此……我怎麼可能拒絕帶著燦爛笑容拍著自己身邊的紫条院同學提出的邀約呢。

「那……那我就不客氣了……嘿咻。」

靠近漂浮墊子，一邊注意著讓它不會因為體重而翻覆，一邊讓身體爬到上面，然後緩緩坐下。

或許是墊子看不見的部分安裝了防止翻覆的重物吧，其浮力與穩定性相當驚人，即使兩個人坐在墊子邊緣也沒有失去平衡的樣子。

然後……我就在下一刻真正地理解這種狀況的破壞力。

「呵呵，歡迎光臨，新濱同學。」

「呃，嗯……打擾了。」

（好……好近……！腰部和腳都碰到了……！）

我在紫条院同學催促下坐到她身邊——但這個漂浮墊子因為是灌了空氣，所以兩個人在極近距離下坐著的話，雙方的身體就會往對方的方向下沉。

而這樣的結果就是——兩個人的腰部和大腿的一部分將會靠在一起。

而且——

「啊，別擔心！剛才已經跟美月同學還有舞同學一起試過了，兩個人坐在一起也不會翻覆喔！」

以開朗笑容這麼說著的紫条院同學，其看起來相當柔軟的肢體就毫無防備地展露在我眼前。明明身邊坐著男孩子，卻完全沒有想要稍微隱藏她誘人的身軀。

光是視線稍微往旁邊移動，她纖細的手臂、耀眼的腳、豐滿的胸部、可以看見肚臍的腹部，以及嬌豔的後頸就這樣在零距離的情況下映入我的眼簾。

其破壞力讓我的血液一口氣加速流動，我的體溫似乎就要超過夏天的熱氣。

（即使隔數步的距離都有異常強大的破壞力了……現在這樣的距離，真的沒問題嗎？不會因為穿泳裝而且太過靠近的罪遭到逮捕吧……？）

雖然現在才這麼說真的已經太遲了，但泳裝的布料面積明明比內衣還要少，男女卻都接受它是健全的服裝，這一點開始讓我感到很不可思議。實際上，要是繼續這樣盯著濕濡的天使，我的處男腦很可能就要炸開來了。

「那……那個……話說回來，虧妳能找到在這種角落漂浮的我耶。」

我盡可能不看往紫条院同學的方向來動著嘴巴。

要是不對話，就會忍不住在意起視界，思考跟著就偏往成人的方向。

「啊，是的。其實……剛才山平同學過來跟舞同學還有美月同學說了些什麼，接著三個人就露出笑嘻嘻的表情，對我說了『我們幾個要休息一下，新濱同學在那邊好像很無聊，希望妳過去陪他一下』。」

「什麼……？銀次為什麼……」

銀次到剛才都跟我在一起，不過說了要去廁所後就一直強調要我待在這個地方。

因此我才會一個人茫然在這裡休息——

（啊……！）

現在回想起來，吃午飯的時候銀次說過「別睡午覺喔」、「總之我、風見原同學還有筆橋同學都在為你加油啦」這種似乎另有含意的發言。

然後從他似乎跟風見原還有筆橋在共謀些什麼來推測……

（那……那些傢伙……！難……難道是想藉此讓我跟紫条院同學獨處嗎？）

雖然不知道是誰提出的點子，不過三個人似乎在上午就達成了共識。說不定在到海邊來之前就偷偷計劃好了。

（真是的……這些愛管閒事的傢伙……）

腦袋浮現那幾個傢伙笑嘻嘻地告訴紫条院同學我在哪裡的模樣，就覺得他們絕對以此為樂。但就算是這樣，能夠兩個人獨處的狀況雖然很讓人害羞，不過同時也感到很開心。

第三章

在搖搖晃晃的海洋上

「那個，如果你想享受一個人的時光，那真的很抱歉。不過……」

坐在身邊的紫条院同學對著我娓娓道來。

到剛才為止都處於亢奮狀態，但是像現在這樣比鄰而坐後，舉止就反而轉變成散發出靜謐的氣息。

「這麼說可能有點奇怪，聽到新濱同學一個人閒著，不知道為什麼就覺得『太可惜了』，所以忍不住過來這裡。會不會給你添麻煩……？」

「啥？不會不會，怎麼會麻煩呢！與其在海裡漂浮，跟紫条院同學待在一起當然快樂一百倍啦！啊……」

反射性直接說出毫無掩飾的真心話，讓我的臉因為害羞而變紅。看來是受到身穿泳裝的紫条院同學坐在身邊這種特殊狀況的影響，才會不小心立刻就把腦袋所想的事情脫口而出。

「這……這樣啊……雖然一百倍有點太誇張了，不過還是要謝謝你……」

我過於直接的發言似乎讓紫条院同學有點嚇到了，只見她露出靦腆的笑容這麼回答。

「不過，這樣的話……」

紫条院同學像是放下心來一樣鬆了口氣，接著往上來看著我的臉……也就是用所謂無辜眼神讓眼睛映照出我的臉龐。

「可以繼續陪我聊天嘍……？」

我沒有任何理由拒絕少女在肩膀互碰的距離下怯生生提出的邀約。

「嗯……嗯。不嫌棄的話，要聊多久都沒關係喔。」

「這樣啊！呵呵，那真是謝謝你了！」

對高中生來說眼睛根本不知道該看哪裡的泳裝打扮紫条院同學提出的邀約，這個世界上應該沒有單身的男性會拒絕吧。

在腦袋角落思考著這樣的事情，依然滿臉通紅的我就從並肩而坐的紫条院同學身邊稍微把位子拉開幾公分。

紫条院同學似乎不在意，但距離太過接近而處於彼此腰部的一部分互相觸碰的狀況實在太危險了。

「…………」

「……嗯？怎……怎麼了，紫条院同學？」

突然注意到，紫条院同學一直盯著我看。

而且令人不解的是，她的眼神對準的不是我的臉龐，而是興致勃勃地觀察著我全身般的視線。

「沒有啦，只是覺得新濱同學的身材很不錯……」

「等等！妳……妳在說什麼啊！」

許多時候是暗暗帶著「瞧你那副誘人身軀」的含意，這時從身為清純大小姐的紫条院同學嘴裡說出這樣的話，著實讓我嚇了一跳。

「我沒有仔細地看過男孩子的身體……不過新濱同學不但有肌肉，還相當結實。跟女孩子完全不一樣。」

「嗯……嗯。因為我從春天就開始跑步。所以身體多少變得結實了一點。」

看來她純粹是對男女身體結構上的不同感到興趣，完全不知道「身材很不錯」帶有那樣的意思。

放下心來的我呼出一口氣——

（等等，看太久了！看太久了啦！）

紫条院同學卻依然興致勃勃地觀察著我的身體。

我也能夠了解平常生活之中不會看見的男性肉體相當稀罕，但是被外表亮麗的少女一直盯著肩膀、腹部、胸部仔細打量還是會感到很不好意思，感覺好像變成某種特殊的情趣玩法了。

「那……那個——差……差不多該饒了我了吧？老實說我快羞死了……」

「啊……！對……對不起！我……我怎麼會做出如此丟臉的事……！這完全是性騷擾了！」

看起來原本是處在下意識的情況，這時紫条院同學終於從緊盯之中回過神來，接著便急忙向我道歉。

嗯，根據男女平權的觀念，這確實是性騷擾的行為，不過是否構成性騷擾主要也得看對象是不是覺得不舒服。

這次的話，我自己雖然感到很不好意思，但是「不但有肌肉，還相當結實」像是在稱讚我跑步的成果一樣，因此也覺得很高興，所以應該不算性騷擾。

（說起來光是能像這樣坐在展現大量肌膚的紫条院同學身邊，我就覺得自己是不是正在性騷擾而膽顫心驚……這種狀況要是被那個社長看見，不知道會被怎麼說呢。）

嗯？話說回來……

「對了，跟時宗先生表示要來海邊的時候，很順利就成功了嗎？只聽說獲得許可的結果而已……」

雖然事先傳授了自己思考的策略給紫条院同學，不過我不認為那個過度保護女兒的爸爸會如此簡單就答應這件事。不由得擔心會不會讓他們父女發生爭吵。

「啊，問得好呢，新濱同學！正如你所預料的，一點都不順利喔！」

紫条院同學臉上反省與羞恥的表情為之一變，可愛地鼓起臉頰來這麼說道。看來是有過一番爭執。

根據述說起詳細情形的紫条院同學所表示……時宗先生果然對於要去海邊一事面露難色。

第三章

在搖搖晃晃的海洋上

接著之後的發展就如同我的預測了。時宗先生沒辦法說出「不願意讓超可愛的女兒在男人面前穿著泳裝啊啊啊啊！」的真心話，所以採取以安全性的問題來加以反對的態度。

但是靠著由夏季崎先生一起同行並且擔任監護人這條事先準備好的計策來解決安全問題。就算是辯才無礙的時宗先生，這時候似乎也不可能再用道理來駁回請求了。

「之後爸爸也非常地吵！最後是媽媽、夏季崎先生還有冬月小姐都指正他，他才發出『地位……！最近我在這個家裡的地位是一落千丈……！』的呻吟並且露出沮喪的模樣。」

想像時宗先生被家裡的家人跟傭人們群起而攻之時的模樣，我就覺得有點內疚。

對不起，時宗先生……您應該察覺到了，為了帶紫条院同學來海邊而想出駁倒父親策略的就是我。但我完全沒有在反省。

「雖然像這樣無法一次就獲得同意，不過最後還是順利贏得來到海邊的機會了！」

「這樣啊……紫条院同學真的很努力呢。」

紫条院同學像是要誇耀戰果一樣「嗯哼！」一聲露出可愛炫耀表情，而我則是由衷地發出讚賞。就算我傳授了策略，紫条院同學自己要是不鼓起勇氣來堅持主張的話，也無法說服父親吧。

跟四個月前相比，她已經學會何謂自我意識的主張，心靈也變得越來越強大。

那正是為了迴避我擔心的最糟糕的未來所需要的力量，所以沒有比這個更令人高興的事了。

「呵呵，因為是要來海邊呀！跟朋友來海邊！因為一直憧憬這樣的情境，所以也盡全力來說服爸爸！」

紫条院同學露出比我們頭上閃耀的夏天太陽更加炫目的笑容。

「很棒的是，實際來了之後發現遠比想像中的還要開心！帶著興奮的心情跟大家到處玩，一起吃美食……絲毫不考慮可能會因為大聲嬉鬧而遭到斥責，有的全都是開心的事情！」

從紫条院同學的發言裡，稍微可以看出她高興到這種地步的一部分理由。

當我邀紫条院同學來海邊的時候，她說過雖然曾經跟家人到過海邊，但完全沒有跟朋友一起去過。

那大概跟身為美女的紫条院同學從幼年時期開始只要稍微受到矚目，就會出現一定數量說著「少得意忘形」的女孩子不無關係吧。

「所以我真的很感謝新濱同學。」

回過神來才發現紫条院同學正對我露出微笑。

跟坐在漂浮墊子上的我們在物理上的距離相同，她的笑容裡帶著對家人所發出的親近感。

「新濱同學……總是做些讓我高興的事情。我卻一直無法還清這些人情，老實說真的有點狡猾。」

紫条院同學一邊露出促狹的表情，一邊在極近距離這麼對我呢喃。兩個人的距離原本就很近了，這個稍微露出跟平常不太一樣表情的泳裝少女，在我的心臟上刻劃下強烈的節奏。

「啊、嗚……妳……妳在說什麼啊。約妳來海邊是因為我想跟好朋友一起來，我完全沒想到紫条院同學會高興到這種地步喔。」

像是為了隱藏羞澀般這麼說著，不過這大致上不算謊言。

之所以會企劃這次來海邊的活動，是因為我嚴重缺乏紫条院同學養分，想趁剩下來的暑假跟她一起玩。

就算兩個人比以前還要熟了，還是完全無法預測紫条院同學對於邀約前往海邊這明顯越過以往界線的行為會有什麼樣的反應，在提出邀約之前真的猶豫了很久。

「呵呵，我就是在說把我算進好友裡面真的很令人高興。然後呢……新濱同學今天自己玩得開心嗎？」

或許是因為海洋的開放感吧，感覺比平常更加從容的紫条院同學以平穩的表情這麼說道。泡在海裡的腳嘩啦嘩啦濺起水花的模樣，讓人連想到不停上下搖動尾巴的小狗，可以知道她很享受現在這段時間。

「那當然是……很開心啦。不用想任何的瑣事，把頭腦放空盡情玩樂真的很舒服。」

而這全是託今天一起來這裡的所有朋友的福。

看見大家開心的模樣後，因為太過於耀眼而瞇起眼睛，也因此強行把我大人的言行舉止趕走，讓我回歸成適合海洋的笨小孩。

回顧過往……我上輩子長大成人之後就只有來回於職場與自宅的記憶，而學生時代則老是躲在自己的房間裡。

到底有多久沒有像這樣在海邊專心地盡情遊玩了呢……根本想不起來了。

「不過可能有點鬧過頭了……我覺得有點累。」

「啊哈哈，是啊。連我都覺得身體有點重……嘿咻。」

「嗚！」

紫条院同學突然倒了下去。

就像躺到床上一樣從背部往後倒，伸直了雙腳仰躺在漂浮墊子上面後，身體就沉了下去。

把眼前發生的事情作為情報描述一遍的話大概就是這樣——但是就視覺上來說，這是比之前更加危險的行為。

（哇……哇啊啊啊啊……！等等，這樣不行吧……！）

實在……實在太毫無防備了。

稍微曬成小麥色的大腿、顯露出來的肚臍、嬌豔的後頸、即使仰躺也不輸給重力的姣好胸部——無論那一個部分都只能用完美來形容的泳裝天使，在沒有任何阻礙的情況下躺在我的眼

前。

在穿著泳裝的模樣盡收眼底的至近距離之下，這樣的角度也很危險……不過最讓我的處男腦產生動搖的是紫条院同學毫無戒心的態度。

像是完全信用人類的小動物將肚子朝天躺下來作為安心的證明一樣，紫条院同學完全不在意豐滿的身軀呈現在我面前。那種天真無邪的信任固然令人高興，但是視線不知道該往哪裡擺也很痛苦。

「呼……啊，不用擔心喔。這個墊子本來就是用來躺的，所以就算兩個大人躺上去也沒問題。」

不知道是如何解讀我極為慌張的模樣，躺在墊子上的紫条院同學悠閒地這麼表示。

「新濱同學要不要跟我一樣躺下來呢？真的很舒服喔！」

紫条院同學在我面前毫不掩飾地展現不輸給大人的肢體，同時以童女般無邪的笑容對我提出這樣的邀約。

她絕對沒有注意到兩者之間的差距讓我的精神陷入紊亂的狀態吧。

（拜託，稍微對自己的魅力有所自覺好嗎……！）

我之所以如此慌了手腳，是因為從上輩子開始在異性方面的經驗值就接近於零，還是紫条院同學實在太過天真爛漫呢……應該是兩者皆有吧。

但話又說回來了，真希望她能理解，在如此毫無防備的情況下展現那種完美身軀的話，破壞力根本就跟氫彈爆炸差不多。我說真的。

「？怎麼了嗎，新濱同學？」

「啊，沒有啦……沒什麼。那……那麼我就恭敬不如從命了……」

乾咳了幾聲後，我就按照紫条院同學的邀約從背部倒到漂浮墊子上。只要一起躺著望向天空，就不會有其他多餘的煩惱了吧。

像這樣將身體沉入海上床墊來仰望天空的瞬間——

（啊————）

我的視界就全部染成藍色。

眼裡只看得見一望無際的蒼穹。

沒有極限的深邃藍色，看起來彷彿這個世界除了藍色以外的顏色都消失了。

過於清澈的藍天，甚至讓人產生就這樣被那個沒有盡頭的藍色吸進去般的錯覺。

（太厲害了……天空竟然如此地美麗……）

由於是在海洋上，所以聽不見任何人類發出的聲音，只有晃動的海浪聲傳進耳朵裡。

在大海的細浪搖晃之下，我著迷地看著那小小的非日常景色。

（這麼說來……工作疲憊的時候，好像時常看著海洋的療癒影片。茫然地想著有一天要去

漂亮的沙灘盡情地度假……）

能夠給人活力的太陽光芒、一望無際的晴空、溫柔的浪潮聲……即使對於這樣的景色滿懷著憧憬，我在死前還是沒能到海邊。

因為永無止盡的大量工作，根本沒有自己一個人開車去海邊的時間，只能想著這也是沒辦法的事然後過著放棄掙扎的每一天。

（……早知道就去了。不論是上山還是下海……）

即使是過著社畜生活的時候，海洋與天空也還是以不變的雄偉模樣待在那裡。

我只要請假或者辭職並且開出車子，閃閃發亮的海邊景色，以及現在抬頭看著的蒼穹應該就會迎接我的到來。

（我真是個蠢蛋……怎麼能理所當然般接受連悠閒地眺望自然都不被允許的人生呢……）

「怎麼樣啊，新濱同學？跟站著的時候看見的天空完全不一樣，真的很厲害對吧？」

維持兩個人並肩看著天空的姿勢，紫条院同學的聲音就從身邊傳了過來。

以姿勢來說看不見她的臉龐，但是就算沒有把視線移過去，也能知道她正露出熟悉的開朗笑容。

「嗯，確實很厲害……有種心情變輕鬆了的感覺。」

藉由實際感受大自然的雄偉與自己有多麼渺小，讓我開始覺得過去的艱辛根本不算什麼。

說不定……上輩子的我要是像這樣找出悠閒望著景色的時間，就會覺得被黑心公司困住的自己實在太愚蠢，於是決定要走上不一樣的人生。

「呼……謝謝妳，紫条院同學。能夠一起看見這樣的景色真是太開心了……」

「咦……是……是啊！能夠跟像這樣跟新濱同學一起看漂亮的風景我也很高興！」

望著無際的天空而處身於舒適浮遊感當中的我，過於放鬆的心情直接把內心的話說了出口。

或許是沒想到我會說出這樣的話吧，紫条院同學像是有些詫異般稍微露出動搖的模樣，下一刻就以帶著歡喜的快活聲音回應：

「不過……真是太好了。看來新濱同學真的很放鬆。」

「咦？我平常看起來像是很疲倦的樣子嗎？」

躺在漂浮墊子上的紫条院同學發出的聲音裡，大概混雜著鬆了口氣的感情。

對於一個因為過勞而死的人來說，我認為自己已經很注意睡眠跟休息了……

「沒有啦，那個……新濱同學不論做什麼一定都是全力以赴，我覺得這是很了不起的事情。但是——」

話說到這裡就中斷，然後紫条院同學露出有些難以啟齒的模樣如此表示：

「這是我擅自的想像……有時候新濱同學看起來就像是被什麼追趕一樣。彷彿有什麼事情讓你一定得全力奔跑……」

「……！」

她的話說中了不少的真相。

我的內心對於上輩子的後悔，以及這次一定要獲得幸福都是貨真價實的想法。

不是受到什麼人的影響，而是出自我本身的願望。

但是……

「我有從那個悲慘的未來拯救紫条院同學以及自己的義務。」

「不這麼做的話，獲得穿越時空這種奇蹟就毫無意義了。」

——絕對不能說沒有這種強迫觀念。

「所以……雖然我自己也覺得是多管閒事，但是我這次希望新濱同學能夠發自內心地享受，並且得到休息。上午時跟山平同學他們商量這件事，大家似乎都很擔心，雖然那個時候用的是強行把你抓過來的手段……」

「原來是這樣啊……」

原來如此，上午前銀次之所以抓住我的脖子強行把我拖入海裡，是因為這樣的原委嗎？

如此一來，那個時候那傢伙如此亢奮的原因，應該也有「竟然讓那麼好的女孩子擔心！絕對要讓你跟我們一起嬉鬧」的想法在吧。

感覺這次出遊，讓你在我內心的評價越來越水漲船高了喔，銀次。

啊，不過話又說回來——

「紫条院同學真的很溫柔呢……」

「咦……？」

「竟然在意我這種人，平常就替我擔心。託妳的福才能注意到腦袋有點僵化的自己，也因為這樣才得以真正享受夏天的海洋……真的很謝謝妳。」

這個天使般的少女一直注意著我的情況，貼心地讓我能夠出自內心地放鬆自己。對於上輩子從沒被周圍的人關心過，只有經常遭到臭罵的我來說，心儀對象的溫柔當然更加令人感動。

「真……真是的！太誇張了啦！一直這樣說的話會讓人很不好意思！」

「沒有啦，一點都不誇張喔。一般來說不會替人著想到這種地步——」

這時候我把仰望著天空的頭轉向旁邊，結果並肩躺在墊子上的我們就變成面面相覷的姿勢。

也就是把自己的臉朝向對方的臉。

「「…………………」」

然後就注意到了。

目前我們是處於兩個人躺在漂浮於海上的雙人床上面的狀態。

在這樣的狀況下把臉朝向對方的話，就會變成兩者之間的距離只有數公分的狀態下四目相對。

前陣子在我家不小心睡在同一張沙發上時雖然也很驚慌，但像現在這樣互相穿著泳裝而且躺在一起，臉龐還如此靠近的狀況下，又有另一種讓人感到害羞且難以表達的微妙氣氛。

「……啊，那個……嗯……」

如果是天真爛漫的紫条院同學，可能即使在這樣的狀況下也不會在意彼此是異性而依然沒有絲毫邪念，不過在雙方的眼鼻近在咫尺的狀態下，她似乎也無法保持平常心，露出了說不出話來的模樣。

至於我的話──

（不行……眼睛離不開了……）

明明像個處男一樣慌張地把眼神移開就可以了，但是視界被可愛且美麗的事物占住的幸福把我的意識吸引住了。

男孩跟女孩互相露出大面積的肌膚並且一起躺在墊子上，然後臉還接近到能感覺到對方的鼻息。

一直到了這種狀況，紫条院同學才終於感到害羞而紅了臉頰。也就是說，現在她強烈地感受到我是一個男孩子。

第三章
在搖搖晃晃的海洋上

而面對這樣的紫条院同學，我也再次認知到少女是一名異性。羞澀的少女異常可愛，讓我無法壓抑一直凝視著她的念頭。

當我的腦袋充滿這種想法的時候——

「哇！」

「哇呀！」

突然間有大浪湧至，讓我們躺著的漂浮墊子產生劇烈晃動。

只要稍微注意到周圍就不必為這樣的搖晃感到太慌張，但這個瞬間我們的腦袋都處於飽和狀態，所以危機意識相當薄弱。

結果就是——

傳進耳裡的是「噗通」的巨大落水聲。

看見的是少女的身體被吸入海中的模樣。

在那一瞬之間，紫条院同學掉進海裡沉了下去。

「嗚！紫条院同學！」

承受著全身血液倒流的感覺，我立刻跟著跳入海裡。

雖然不是很擅長游泳，但腦袋壓根沒想到這種事情，毫不猶豫就跳了下去。

因為跳水而濺起相當高的水柱，我的周圍也被浮起的泡沫染成白色。

蛙鏡放在漂浮墊子上面，海水的飛沫讓眼睛感到疼痛。

但就算是這樣，我還是拚命追尋從頭沉到海裡去的黑髮少女，在海裡找到纖細的肩膀後——一口氣將其拉上來。

「不要緊吧，紫条院同學？能呼吸嗎？」

漂浮墊子為了方便搬運而在側面設置了U字形把手，我用左手抓住該處，同時呼喚著以右臂抱著的紫条院同學。

「咳咳咳……！嗚……嗚嗚，稍微喝了一點海水……」

雖然看起來有些不舒服，不過應該沒有大礙，我這才出自內心鬆了一口氣。

「呼……嗯，太好了。」

「咳咳……謝……謝謝你，新濱同……」

紫条院同學原本準備向我道謝，但話說到一半就停住了。

我一瞬間感到疑惑，不過理由其實很明顯。

因為我的手臂繞過紫条院同學的背部來抓住她的肩膀，呈現把少女關在自己懷抱當中的狀態。

由於因為相當拚命而沒有正確認識到狀況，目前我的肌膚正緊貼著身穿泳裝的紫条院同學，然後注意到有某種相當柔軟的物體靠在自己的胸膛。

「抱……抱歉！一時情急就……！那……那個，身體有沒有哪裡覺得痛？可以自己浮起來嗎？」

「可……可以……沒問題……」

確認紫条院同學沒有大礙之後，我立刻放開她的肩膀並率先爬上漂浮墊子。跟紫条院同學肌膚互貼的觸感還鮮明地殘留著，讓我無法好好地注視她的臉龐。

（雖……雖說是一時情急，還是整個緊抱住了她……而且仔細一想就能發現根本不是需要那麼慌張的情況……）

冷靜一想，只是從漂浮墊子上跌下去，實在沒有必須跳下水去救人的危險性吧。

這個地方確實沒有淺到腳能夠著地，不過紫条院同學會游泳，只要等一下她應該就能正常地浮出水面才對。

我想著這些事情，並且從漂浮墊子上抓住紫条院同學的手，然後把少女嬌小的身軀拉到立足的地點。

就這樣，本來快乾掉的身體再次濕透了的我們，成功地回到了這個巨大雙人床尺寸的塑膠遊具上。

「……那個，對不起。當時腦袋一片空白，只想著要救人而下意識展開行動，結果就變成觸碰女孩子身體的事態……冷靜之後想起來，這根本不需要我跳下去救人……」

「咦！別……別這麼說！我當然知道那是新濱同學為了救我而採取的行動！稍微碰到我這副寒酸的身體真的沒什麼大不了的！」

（寒酸……？）

心胸寬大的紫条院同學，以筆橋與風見原聽了應該會做出強烈吐嘈的發言來安慰我。

不是啊，正是因為跟寒酸相距甚遠的豐饒果實，才會加深我的罪惡感。

「而且……那可能是很貴重的體驗。」

「咦……」

「有生以來初次被家人以外的男性緊抱……力量大到有些驚人，讓我的心跳加速了……」

臉頰稍微染上紅暈，紫条院同學以可愛又靦腆的模樣如此宣告。

被男性緊抱這種一旦弄錯對象可能會造成一輩子心理陰影的行為，紫条院同學像是要表示即使感到害羞與驚訝也絕對沒有不愉快般，露出了靦腆的微笑。

面對這種讓男性內心產生劇烈動搖的話語與笑容，我簡直就像少女般被貫穿胸口，同時受到某種湧起的甜蜜感所支配。

「咦……咦咦？你……你是怎麼了，新濱同學？為什麼突然遮住臉……」

「抱歉……總覺得沒辦法好好看著妳的臉了……」

這時已經無法直視天使的我，用雙手覆蓋住自己的臉。

只是狼狽地因為擴散到整個胸口的亢奮男性心理而發抖，並且覆蓋自己羞紅了的臉龐。

（說起來，今天從早上就過度攝取心儀女孩嬌豔的泳裝打扮跟可愛的表情……某種意義上來說實在太小看海邊了……）

我雖然藉由穿越時空而保持著大人的強項……但可悲的是上輩子過得是沒有色彩的人生，所以對女孩子魅力的抵抗力是國中生以下。

在夏天的太陽終於慢慢西下的情況中——我反芻著今天這個日子經常烙印在我眼底的鮮明少女的魅力，再次體認現充們聚集的海邊這個場所究竟具備什麼樣的破壞力。

第四章 宴會也將近尾聲但情況一片混亂

時間接近傍晚，慢慢下山的太陽將海邊染成橘色。

白天時大量的人潮到了這個時刻也幾乎都消失，海灘上只有一進一退的海浪演奏出的樂聲。

「很好很好……感覺不錯喔。」

在這樣的寂靜之中，換上便服的我單手拿著火鉗翻動著木炭。

要是不習慣用木炭生火的話可能會花上不少時間，不過我老早就準備好了火種以及揉成小圓球的報紙。

仔細地用圓扇對著烤成橘色的木炭搧風，這時候火力已經逐漸增強到理想的程度。

「哇啊啊啊啊啊……！太……太棒了！我真的能夠享受在海邊ＢＢＱ這種幸福的滋味嗎……？」

「哈哈，那是當然了。準備了很多食材，請好好地享用吧。」

旁邊穿著便服的紫条院同學看著大型ＢＢＱ爐，然後在眼睛閃閃發亮的情況下發出感嘆的聲音。那種純潔、率直的興奮模樣，對努力準備的我來說就是最棒的報酬了。

我跟紫条院同學玩完漂浮墊子——即使仍有些怦然心動還是重置了心情回到沙灘的我們，在跟銀次等人會合之後，先去沖澡、更衣然後就進入了晚飯的時間。

原本在擬訂計畫時也出現了回家途中到複合式餐廳用餐的提案，但我提出在海邊ＢＢＱ的點子時紫条院同學就非常開心地表示贊成，於是就這麼決定下來了。

（因為這次的目標是體驗「經典」。根據動畫與漫畫的經典情節，午餐通常在海之家，晚餐則是ＢＢＱ，所以才會做出這樣的提案——果然不出我所料，能讓紫条院同學開心真是太好了。）

而其他成員似乎也對這樣的經典帶著不少的憧憬，所以ＢＢＱ的提案獲得在場所有人一致贊成。像這樣的休閒活動，在戶外用餐果然相當受到歡迎。

「哦哦，真的是ＢＢＱ……我在感到興奮的同時也覺得有點惶恐，甚至開始發抖了……在海邊跟同學一起待在戶外吃飯，這好像是只有輕浮大學生社團才能做的事情，可以說是相當高的門檻……」

「嗯，我很能理解你的心情喔，山平同學。這種事情是只有度過充實青春時光的天選之人才能享受的勝利組活動。」

換上便服的銀次跟風見原以感慨良多的口氣這麼說道。

第四章

宴會也將近尾聲但情況一片混亂

他們兩個人總是跟現充的所作所為戰鬥，不過也正因為這樣而產生連表情都難以掩飾的興奮。有生以來的首次派對咖體驗，似乎讓他們在心情上處於亢奮狀態。

「因此身為唯一現充的舞不是我們這一掛的。因為太讓人羨慕了，所以ＢＢＱ時不能吃肉，請只吃青椒和洋蔥吧。」

「咦咦咦咦！等等，那是什麼意思！我雖然是運動社團但朋友也不是特別多啊！」

「光是隸屬於運動社團又相當活躍就已經是光明面的人了。跟除了在現場的這些人外就沒有朋友的我和春華相比，閃亮的程度已經好太多了。」

「那……那個，美月同學……被擊中要害的我覺得有點心痛……」

聽見風見原的話後，不只是紫条院同學，連我跟銀次這對只有對方一個同性朋友的搭檔都發出呻吟並且按住胸口。

雖然最近跟班上同學也比較有話聊了，但也還不到增加了朋友的地步——

「呵呵，大小姐跟各位都很開心真是太好了呢，新濱少爺。」

在附近設置摺疊式桌子的夏季崎先生發出開朗的笑聲。

今天受到他許多照顧的這個人，正在幫忙身為企劃者而主導著安營準備的我。

說起來當我事先告訴他海邊的計畫時，他就幫忙讓紫条院家提供ＢＢＱ爐以及組合桌椅組，可以說從出發之前就受到他非常多的照顧。

「嗯，也謝謝夏季崎先生在各方面的幫忙。感覺我為了今天提出的計畫，害您增加了許多無謂的工作，真的很不好意思……」

「哈哈哈，小孩子不用在意這種事情。現在您應該做的事情，就是好好地跟朋友享受這一天，讓它成為美好的回憶。」

穿著夏威夷衫的肌肉司機以溫柔的聲音對我這麼說道。

對於上輩子時周圍幾乎不存在的「正經大人」懷抱著尊敬的念頭，同時在心中對他道謝。

（真是個有良知的人……那個強迫未成年的新人社員喝酒然後加以取笑的狗屁上司根本沒辦法比……）

「那麼……能夠幫忙的準備工作都結束了，我就先到稍遠處去休息。請在符合道德規範的範圍內好好地享受吧。」

「咦？夏季崎先生不在這裡跟我們一起吃飯嗎？」

「不不不，大小姐。像這種時候，監護人要是待在附近的話就太不識相了。我會一邊望著傍晚的海洋一邊喝咖啡，有什麼事情的話就叫我吧。」

這麼說完之後，夏季崎先生就離開了。

一想到他今天都像那樣守護著我們，就更加佩服他了。只能對於筆橋所說的「與其說是司機，其實比較像是非常懂得察言觀色的管家……」發言點頭表示同意了。

第四章
宴會也將近尾聲但情況一片混亂

「好……那就進入最後的準備吧。食材都切好了嗎？」

「是的！在新濱同學生火期間都切好了！」

紫条院同學擦拭著菜刀這麼說道，她旁邊的桌子上已經擺著大量切成適當大小的牛肉、洋蔥、青椒以及紅蘿蔔。

雖然早就知道了，不過紫条院同學遠超出高中生能力的家事技能確實很了不起。

其實我也可以先在家裡完成所有的準備工作，但是覺得像這樣大家一起分工合作也是一種享受，所以才決定來現場進行調理。然後看來這是個正確的決定。

「呵呵，不過像這樣大家一起合作也很有趣呢！讓我想起校慶的時候！」

「啊，像是風見原同學差點連同章魚腳把自己的手指給切下來的事情嗎？」

「嗯，那個時候被臉色大變的春華從後面把我架住。靠在背部的兩顆香瓜極度柔軟的感觸，讓我差點就把菜刀掉到地上。」

「妳這傢伙別用感觸良多的口氣說這種話，好好反省吧……」

因為曾發生過這樣的事情而沒有參加裁切食材的風見原，發揮出我行我素的力量大放厥詞。嗯，也不能怪她因為那對胸部造成的衝擊而一瞬間腦袋空白啦。

「不過肉跟蔬菜都切得這麼大塊真的沒關係嗎？這樣不會很難烤熟？」

正如銀次所說的，他們按照我的指示將肉與蔬菜切得比較厚一點。

以ＢＢＱ來說，這確實是比較不容易熟的厚度——

「嗯，沒問題！因為要用這個來烤……！」

我緩緩從背包裡取出調理器具。

即使每個人都曾經看過，卻很難有使用機會，可以說是充滿浪漫的道具——也就是ＢＢＱ用的串烤籤。

「「「喔喔喔喔喔喔喔！」」」

看見能夠以真正憧憬的形式實現ＢＢＱ的重點道具後，朋友們都有了強烈的反應，而且眼神為之一變。

沒錯，其實說是ＢＢＱ，大多是在野外吃燒肉而已。

雖然那樣當然也很棒，不過要接觸到電影或者漫畫裡面出現的串烤籤ＢＢＱ的機會相當少，因此我從上輩子內心就很憧憬這樣的情境。

雖然不清楚為什麼只是串在鐵籤上就能如此吸引人，但是不論如何，光是看在場所有人的反應，就能知道這樣的浪漫似乎是得到眾人的認同。

「呵呵呵，在這根長長鐵籤上串上色彩鮮豔的肉和蔬菜等，刷上烤肉醬並且烤好之後手拿著趁熱大口咬下！接著再喝下一大口冰涼的可樂……！大家覺得如何啊！」

「實……實在棒到無可挑剔！新濱同學真的是一個非常優秀的人呢！」

第四章

宴會也將近尾聲但情況一片混亂

過於興奮的紫条院同學，說出了容易讓人會錯意的誇張褒獎。只不過是準備了串烤籤就能獲得如此的稱讚，老實說ＣＰ值真的太高了。

「哈哈，這才只是剛開始呢！另外還有甜醬油，也可以烤玉米跟飯糰，甜點的話像是烤香蕉之類的，另外也準備了由烤棉花糖加上巧克力與餅乾製成的棉花糖餅乾喔！」

「哇啊啊啊啊啊……！」

沙灘上極度感動的天使，發出名符其實的高興悲鳴。

那種像是小孩子看見生日蛋糕出現在眼前時眼睛閃閃發亮的天真模樣真的非常可愛。

「喔喔……太棒了，新濱同學。雖然有一部分是為了討春華的歡心，不過你準備得也太周到了。」

「以前明明是個粗心大意的傢伙，什麼時候變成準備魔人了！我肚子快餓扁了，那就不客氣嘍！」

「哎呀，新濱同學真的很貼心耶！校慶的時候就這麼覺得了，你好像很擅長設置活動會場跟炒熱氣氛呢！」

雖然得到大家的稱讚是很令人高興的事情，但越是稱讚我準備宴會的手腕就越會讓我想起過去的艱辛，苦澀的心情也暗暗在我內心擴散開來。

過去身為我上司與前輩的大叔們，不知道為什麼特別喜歡賞花和ＢＢＱ等在戶外喝酒的活動，那跟只要預約就可以的居酒屋不同，老實說真的很麻煩。

得先調查可以飲食的地點，然後占據可以鋪上塑膠布的空間，準備需要的器具和外燴也很累人，即使在沒有任何問題的情況下完成任務，參加過太多次宴會的上司們也無法感到滿足，被痛罵「太老套了」「你這傢伙想要接待上司的心意完全不足」則是讓人最痛苦的事情。

就這樣，我為了要提升上司們的滿意度而追求「高品質的驚喜」，開始配合宴會做起精心的準備。

賓果大會這種餘興節目只是基本款，其他像是在賞花時準備富情趣的櫻花色日本酒並且到處幫上司倒酒來營造風雅的氣氛，或者在ＢＢＱ時租借啤酒機，又或者是展示煎美式帶骨牛排並且切成小塊等等，總之就是在有限的預算內做了各種努力。

（大叔們也因此而不太抱怨了……但是我也因為這樣而每次都被迫擔任宴會的幹事，真的是慘到了極點……）

嗯，不過也從這樣的經驗中多少學到「怎麼做才能讓參加活動的人開心」的訣竅，現在正是活用當初的技能的時候，所以就不再跟那些大叔計較了。

「也準備了很多飲料！今天喉嚨應該很渴了吧，盡量喝沒關係！」

用手指指著的保冷箱裡，各式各樣的罐裝飲料被塞在鋪滿的冰塊山底下。在祭典時也經常看見的保冷箱不只保冷能力優良，連外表都幫忙展現出冰涼感。

第四章

宴會也將近尾聲但情況一片混亂

「好的，那是當然了！啊，難得有這個機會，就來做那個吧！感覺像在舉行派對一樣，請新濱同學來舉杯祝酒吧！」

「咦，我嗎？」

立刻理解紫条院同學所說的那個是什麼了。

我一瞬間瞪大了眼睛，但是在其他人帶著「非你莫屬吧？」意思的視線注視下，我也只能露出苦笑並且表示同意。

然後我們就各自從保冷箱裡拿出果汁並且拉開拉環。噗咻的細微清脆聲響迴響在寧靜的沙灘上。

「那個……這是今天最後的活動了！各自盡情地享用食物與飲料，讓我們享受到最後一刻吧！那麼……乾杯！」

「「「乾杯！」」」

過去在上輩子不知道被強迫過幾次的舉杯祝酒。

宴會的時候可以說因為遭到上司們數落與抱怨而充滿痛苦，但現在則是以完全不同的開朗心情來開口說出這句話。

但是——

這個時候我仍不知道。

事故的種子可以說是遍地皆是，而這些種子就以意料之外的形式靜靜地等待著發芽。

沒有神通力的我，完全無法預料到這場和樂融融的ＢＢＱ派對，將會直接超越熱烈的程度而起火燃燒。

＊

由蔬菜與肉塊的鮮豔顏色點綴的串烤籤在炭烤爐上發出咻咻的聲音，隨著多餘的水分與油脂蒸發而逐漸烤熟。

光是木炭與肉所組合起來的味道就讓人食指大動了，這時候再用烤肉刷刷上烤肉醬後稍微烤焦，就會令每個人都忍不住大吞口水。

對於玩了一整天而餓扁的高中生來說，這是對於胃部最有效果的會心一擊了吧。

「太好吃了……！這真的太好吃了！」

「真是美味———！嘴巴根本停不下來！」

「你怎麼每次都有來歷不明的特技呢，新濱同學……嚼嚼嚼。」

「喂喂，你們幾個慢慢吃，別噎到了。」

我一邊苦笑一邊提醒著專心啃著烤肉串的同學們。

決定今天當個傻孩子的我，像這樣看見這幾個年輕人打從內心感到美味的模樣，身為大人的天性就忍不住開心了起來。

「呼，紫条院同學，味道怎——」

「啊……」

把視線移到最在意反應的少女身上後，穿著白色女用襯衫的天使（有點擔心醬料會不會噴到）現在正抓住串烤籤的兩端，準備往正中央大口咬下。

看見那種如實顯示出專心品嘗著食物的模樣，讓感到欣慰的我露出了微笑，這時候紫条院同學的臉逐漸得泛起紅潮。

「啊，嗚……粗……粗魯的吃法被看見了……因為實在太美味，忍不住就……」

嘴裡雖然這麼說著，紫条院同學還是用手遮住嘴角並且嚼著肉。

即使是受到高尚教育的名門閨女，似乎還是無法抗拒空腹與美味的雙重攻擊引起的食慾。

「哈哈，妳能喜歡真是太好了。大家好像都決定交給我，所以我就直接烤了，要是不好吃的話會被所有人排擠吧。」

「不會啦，怎麼可能難吃，你的技術很好呢！全部都熟透了，蔬菜與肉塊都不會太乾，還相當鮮嫩多汁！新濱同學是BBQ高手嗎？」

「哈哈……嗯，算是略懂啦……」

不可能說出這是社畜時代不斷負責幫大叔們烤肉獲得的成果，我只能以複雜的心情把事情帶過。

那個時候上司們真的像是奴隸的主人一樣恐怖……像是在蔬菜上塗橄欖油來防止烤太焦，或者是先在生火時分為強火區與弱火區，為了盡量不惹他們生氣而學習了各種技能。

「不論幾根我都吃得下！啊，這個玉米看起來也很美味，那我就不客氣了。」

即使夾雜著喝果汁的時間，紫条院同學還是以旺盛的食慾持續攻略烤爐上發出香味的各種食物。

楚楚動人的少女發出「嗯！」的聲音來感受著美味的模樣，以及「哈呼哈呼」吹著氣來拚命吃著東西的模樣都非常可愛。

就像是一隻食慾旺盛的小貓一樣，讓人忍不住一直餵食。

「嘿，新濱！你自己有沒有吃啊！」

「嗯？噢，不用擔心，我自己也有吃喔。」

就像是看準紫条院同學到火爐前面物色下一種食物的時機，銀次一隻手拿著罐裝飲料，很開心地對我搭話。

「哎呀～不過真的是像現充會參加的ＢＢＱ派對耶！好吃又好玩，然後每個方向都有可愛的女孩子………那……那個，實在是太幸福了，我開始有點擔心，這應該不是在作夢吧？」

第四章
宴會也將近尾聲但情況一片混亂

「其實真的是在作夢。」

「咦！」

「呵呵，你想想看嘛，銀次。不是作夢的話，我們能享受到粉紅泡泡成分如此重的天國嗎？你接下來就會醒過來，然後因為什麼事都沒發生的夏天哭泣，並且對於一堆完全沒動的暑假作業感到絕望……」

「果……果然是在作夢嗎！嗚哇啊啊啊啊啊，不想醒過來啊啊啊啊啊！應該說粉紅泡泡主要是圍繞在新濱身邊，我根本沒有那麼幸福好嗎——！」

我因為這完全符合男高中生身分的愚蠢嬉鬧而笑出聲來。

跟這個傢伙之間的對話總是能夠讓我回歸成符合肉體年齡的傻瓜，而這也讓我這個同時交雜著大人與孩子的存在往好的方向穩定下來。

「啊，對了。說到粉紅泡泡……你下午的時候怎麼樣了？」

「咦，什麼怎麼樣……？」

「當然是跟紫条院同學的事情啊。我可是特別跟女孩子們訂好計畫讓你們獨處喔。」

喝了一大口罐裝飲料後，銀次就興致勃勃地對我這麼問道。

不論是女孩子還是阿宅，對於他人的戀愛故事似乎都很感興趣。

「那果然是你們幹的好事嗎……」

嗯，我想首謀應該是風見原，不過很容易就能想像出筆橋跟銀次也欣然提供協助的樣子。

「怎麼了，怪我們多管閒事嗎？」

「沒有啦，嗯……只看結果的話，對你們就只有感謝吧……」

要說多管閒事的話確實是如此，但託他們的福，才有那段跟紫条院同學享受恬靜海洋的時間，以結果來看確實只能說他們幹得好。

靠他們的幫忙，我腦袋裡的紫条院同學資料夾（夏天篇）才得以收藏到大量的精彩照片。

「哦……哦哦……那就是說，不……不會已經接……接接……接吻了吧……？」

「怎麼反而是提問的你在臉紅啊……」

考慮到上輩子的事情，其實我根本沒資格這麼說他，不過這個傢伙真的像是處男的模範一樣純真。應該說，別露出那種對於戀愛話題滿懷期待而且心跳加速的國中女生般表情好嗎？

（哎，也沒辦法老實跟他報告就是了……）

這時我回想起來下午跟紫条院同學共度的那段時光。

一起躺在墊子上望著一望無際的天空，在躺著的情況下發現彼此的臉就在近處的事實，並且同時羞紅了臉頰，還有為了拯救掉進海裡的紫条院同學，竟然抱緊了她又軟又香的身軀……

（哪說得出口啊……！就算擁有大人的精神補正，覺得害羞的事情就是會害羞啊！）

「哎……哎呀，就算沒有接吻，也託你們的福增進了感情喔。」

第四章
宴會也將近尾聲但情況一片混亂

「這樣啊……那真是太好了，新濱……」

「……？銀次？」

咦……你這傢伙為什麼眼眶含淚……？

「沒有啦……因為我知道以前的你，所以現在真的是感觸良多……那個原本沒辦法好好跟女孩子對話的你，竟然努力地縮短跟校園偶像般的紫条院同學之間的距離……真是太厲害了……嗚嗚……」

「呃，嗯……謝謝……？」

似乎聽不見我以困惑語氣說出的道謝，銀次甚至嘶嘶擤著鼻子，同時眼頭還滲出淚水。感覺這個傢伙今天還真是多愁善感。

簡直就跟在沒用兒子的結婚典禮上流下感動淚水的爸爸一樣……只是被女孩子用手指戳個兩下臉就會滿臉通紅，跟蝦子一樣跳來跳去的你有什麼資格說我啦。

「呵呵呵……你們似乎在聊很有趣的話題嘛，新濱同學。」

「咦……風見原同學？」

從旁邊對我們搭話的是換上便服後恢復成眼鏡少女的風見原。

平常總是繃著一張臉讓人不知道她在想些什麼的少女，現在嘴角卻浮現促狹的笑容，看起來心情相當高昂。

「因為想要拿來當成配飲料的零食，所以我就直截了當地問了，新濱同學喜歡春華的什麼地方呢？我認為今天這個日子應該要全盤托出才對。」

「等等，喂！」

不由得確認起剛才的對話有沒有被周圍的人聽見，幸好紫条院同學在稍遠處一邊哼著歌曲一邊很快樂地烤著下一串烤肉，看起來不像聽見這邊的聲音。

「哎呀哎呀，別如此抗拒嘛，請提供一些戀愛話題來滋潤我這個超級戀愛廢柴女吧。這樣的內容可以說是最棒的娛……不對，因為是好友之間的戀情，所以我很擔心喔～」

「妳剛才本來想說娛樂吧！」

平常的風見原給人的印象是沉默寡言且我行我素的不可思議少女，不知道為什麼現在這個傢伙卻像是個最喜歡聽別人戀愛八卦的ＯＬ一樣。

明明沒有喝酒，卻像是醉了一樣，還有種借酒裝瘋的感覺。

「好了，請一五一十說清楚吧。不然的話，因為ＢＢＱ之力而完全處於亢奮狀態的我就要直接撫摸新濱同學的胸膛了喲？」

「呀啊啊啊啊！哪……哪有人真的摸啊！笨蛋，快點住手！」

被風見原撫摸著胸膛的我，忍不住發出女孩子般的悲鳴。

是因為極度的開放感而展現出平常隱藏的一面嗎，看見掙扎的我之後風見原就咧嘴露出殘

虐的笑容。

這……這個傢伙！跟銀次一樣有生以來首次參加現充的ＢＢＱ派對，結果太過高興而讓感情往負面的方向失控了嗎！

「啊啊真是的，我說就是了快放開我！喜歡哪個地方對吧，全部啦全部！如果要我舉出討厭的地方我也很困擾！」

把變成性騷擾魔人的風見原拉開，一邊壓低著音量一邊自暴自棄地丟出這串話。

（可惡，這實在太害羞了……！銀次也是一樣，這是要凌辱我的大會嗎？）

不過我說的全是真話。

其他人是怎麼樣我不清楚，但是紫条院同學對我來說就是一切都相當可愛的存在，不論是容貌還是性格都讓我愛到了極點。

「原來如此……！也就是說，新濱同學是那種感情相當沉重的男人！」

「吵死了！不用妳說我自己也有點自覺啦！」

即使變成大叔也還一直念念不忘高中時期的同班同學，在臨死之前還看著對方的照片，從另一個角度來看其實是有點恐怖！

老實說，要是向紫条院同學告白然後被拒絕的話，我很難想像究竟要花上多少時間才能讓人生重新振作起來！

「但我有什麼辦法嘛！我也……沒想過這樣的感情會一下子冒出來啊！」

穿越時空之後，我甚至連自己的心意都沒有自覺。

但是再次遇見紫条院同學並且開始有接點之後，我的心就開始燃燒起來了。

想在那個女孩面前展現帥氣的一面、想增加跟那個女孩在一起的時間——這樣的心意就像是噴射引擎一樣驅使著我，對於前世直到死亡前都不懂什麼是真正戀愛的我來說，這完全是未知的體驗。

「啊哈哈哈！這樣才對啊，新濱同學！春華真的是個天使，絕對不能把她交給莫名其妙的輕浮男！今後也要以這樣的心態，繼續當個像是醃漬物重石般沉重到極點的男人！」

「什麼沉重到極點的男人啦！」

看來那是正確的答案，只見風見原露出平常完全沒見過的燦爛笑容，而我則對她認定我是感情沉重的男人一事大叫了起來。

（這些傢伙也太放飛自我了吧……）

銀次從剛才就不停噙著眼淚，風見原則是露出嘻皮笑臉的鬆弛表情，整個人處於亢奮狀態。

真是的，這樣簡直就像前世看到很膩的——

「新濱同學……呼嘿嘿嘿嘿……」

第四章

宴會也將近尾聲但情況一片混亂

「咦……筆橋同學……？」

看見單手拿著罐裝飲料踩著虛浮腳步靠近的短髮少女，我忍不住就發出感到困惑的聲音。

筆橋舞這名少女雖然有著頭腦簡單這讓人感到有點遺憾的一面，但是本性相當認真而且合乎常識，在這幾個人當中可以說是「最普通的女孩子」了吧。

但像是受到炫目的夕陽影響一樣，以茫然的表情往這邊靠近的模樣看起來明顯很奇怪。

總覺得……她的樣子看起來好像有點得意忘形，又有點喪失理性……

「趁現在才能說出口……說句老實話，新濱同學原本在我的心中根本沒有什麼印象……」

「啥……？妳在說什麼啊？」

「不過呢，雖然完全不清楚是因為什麼事情，從校慶那時起就像是覺醒了一樣……感覺好像咕哇一聲還有啪嚓一聲就冒了出來，厲害到讓人覺得為什麼之前一直隱藏自己……突然間就變得很帥氣……」

修語詞的字彙能力相當貧乏這一點確實很像筆橋，不過剛才那段話不像平常那樣帶著一條腸子通到底般的直率，反而讓人感覺到濕潤的甜膩。

她咧嘴露出散漫笑容的模樣帶著讓人弄錯距離感的魔力，要是被班上的男孩子看見了應該會更有人氣吧。

「嗚呵呵呵……我不會再多說些什麼了……要是太過火的話，會被眼神失去光芒的春華拿菜刀噗嚓一聲，然後就變成沙灘上的紅色汙漬了……」

「什麼意思？」

紫条院同學拿菜刀噗嚓一聲……？

「哎呀，總之我想說的是！好不容易來到海邊，要對自己更有自信一點，直接對春華啪然後噠下去啦！不然就啾然後嘎啪下去也行……嗚咿嘿嘿嘿……」

才剛想著她怎麼淨說些莫名其妙的話時，筆橋就自己一個人擅自興奮地露出相當猥瑣的笑容。

妳這傢伙……原本是這種像好色老頭般的性格嗎？

（應該說……怎麼好像大家都有點奇怪……？）

跟朋友在海邊舉行ＢＢＱ派對會感到興奮本來就是很自然的事情，但再怎麼說興奮的程度也太誇張了。

銀次到現在都還在哭泣，風見原平常那種冷靜且我行我素的模樣消失，變得像是個喝醉酒叨叨絮絮的老頭，原本開朗且認真的筆橋則是從剛才就一直掛著好色的笑容。

這樣看起來簡直就像是——

「啊……啊啊啊啊啊啊啊啊啊啊啊啊啊啊啊啊啊！」

這時候我才注意到。

第四章

宴會也將近尾聲但情況一片混亂

銀次從剛才就不停啜著的罐裝飲料。

上面印著極小的文字——

也就是「此為酒精類飲料」的標示。

「你……你們幾個！把手上的飲料交過來！」

我急著這麼大叫，同時將三人手中的飲料搶過來。

一般來說，突然的強搶是會遭到抗議的行動，但變得睡眼惺忪的三個人只有「哦……？」「嗯……？新濱同學也想喝嗎……？」這種程度的反應而已。

（嗚哇啊啊啊啊啊……！這……這真的是酒啊！為……為……為什麼會有這種東西混在裡面……？）

我可以斷言在現場的幾個人，沒有會偷偷帶酒來的傢伙。

但就算是這樣，為什麼保冷箱裡面還會參雜了酒呢？

（對……對了……！來海邊的途中，去超市買飲料和零食的時候……！）

那個時候我因為還有其他東西要買，所以拜託銀次、風見原還有筆橋去購買各種飲料。

大概是……那個時候銀次他們以為是果汁而把這種利口酒放到購物籃裡了吧。

實際上造成問題的利口酒是把時髦的水果圖案放在最顯眼處的包裝，不像這樣仔細看的話很難注意到屬於酒精類飲料的標示。

（混在籃子裡大量的飲料當中，就發生明明未成年卻順利結完帳的事故嗎！結帳人員的眼光可不可以更銳利一點啊啊啊啊啊！）

我在內心這麼大叫並且抱住頭。

幸好大家喝掉的量不算太多，所以身體應該不會突然感到不舒服才對。或許是玩了一整天的疲勞所致，每一個人都相當地醉了。

（真……真是天大的失態……！原本是大人的我明明就待在一起，卻讓幾個未成年的高中生喝了酒……！）

幫忙把買來的飲料放到保冷箱裡面冷凍的也是銀次他們，所以我很難去注意到裡面參雜了酒。

但就算是這樣，擁有大人經驗的我沒看出酒類飲料也只能說是我的失誤。

「嗚哦哦哦哦哦哦新濱啊啊啊啊啊啊！謝謝你帶我們來這裡————！」

「哦哇啊！等等，喂，快放開我，銀次！從這個時候就這麼愛哭了嗎！」

現在回想起來，前世一起喝酒時這個傢伙也是這樣。

只不過，上輩子時流的是對於不順遂人生的悲哀之淚，現在流的則無疑是歡喜的眼淚吧。

「將成為偶一輩組的回憶……！是偶人生最胖的一天！哦哦哦哦哦哦哦哦哦……！活著真素太豪了啊啊啊啊啊啊啊！」

第四章

宴會也將近尾聲但情況一片混亂

「夠了快放開我！我可沒有被哭著的男人纏住的興趣啊！」

我好不容易才把哇哇大哭的銀次推開。

結果這次換成筆橋笑嘻嘻地向我搭話。

「呼嘿嘿嘿……話說回來，下午你跟春華獨處時怎麼樣了？趁著四下無人的時候，盡情地享受那兩顆飽滿的哈密瓜還是圓滾滾的蜜桃了嗎……？」

「怎麼可能啊！妳這傢伙是聊下流內容而興奮的老頭嗎！」

「咦咦，太可惜了！我在更衣室看過了，那副炸彈級的身軀就不用說了，鎖骨下面的痣真的非常誘人……咕咿嘿嘿嘿……」

跟平常那種健康田徑美少女的氣氛完全相反，筆橋喝醉的時候完全是個性騷擾老頭。

之後這傢伙的記憶要是還留著，一定會因為自己的言行舉止而痛苦不已吧。

當我以於心不忍的心情望著變成悶騷色情狂的同班同學時，這次又換成看起來醉得最嚴重的風見原迅速朝我接近。

「聽我說嘛，新濱同學！我總是一副撲克臉，所以校慶的時候真的會像個面無表情的女主角一樣！！但素新濱同協什麼都幫忙做好了，其實我非常感謝你喔——！」

風見原接近到像是要對我使出頭槌般的距離，以宛如喝了三間居酒屋的狀態大叫著。視界雖然全部被眼鏡少女端正姣好的容貌（如果嘴巴沒有張開的話）占據，但是這樣根本感覺不到一絲性感的氣息。

「但是先不管這件事！你們現充全開進行校慶約會時真的讓我太羨慕而暗暗希望你們快點爆炸吧————！」

「做出這種安排的傢伙沒資格說這種話啦！」

啊啊真是的，狀況完全無法改善……！銀次一直在大哭，筆橋淨是咧嘴笑著說些性騷擾的內容，風見原則是變成了叨叨絮絮的囉嗦機器。

明明把酒拿走了，酒精卻已經浸透全身，每個傢伙都沒辦法好好地對話。

（這裡是地獄嗎……）

獨自保持著清醒的我，被迫要照顧一眾醉漢——了解到上輩子受盡折磨的最慘、最倒楣的責任又再次降臨到我身上後，我頓時陷入了陰鬱的心情之中。

「新濱同學——」

「啊，紫条院同學！其實現在情況有點糟糕……！」

突然從背後傳來天使的聲音，讓我面露喜色並轉過頭去。

三個人陷入渾沌的模樣，讓獨自留在正常世界的我產生了絕望感，但是現場還殘留著最後的希望……！

——我原本是這麼想的。

第四章
宴會也將近尾聲但情況一片混亂

「咦？」

胸膛感覺到的是柔軟到令人難以置信的感觸。

脖子同時被光滑的物體觸碰，接著人類肌膚的溫軟就包圍著我。

周圍充滿至今為止聞過幾次的甜蜜香氣，這突然發生的事情讓我的腦袋變得一片空白。

紫条院同學以手臂繞過我脖子的型態從正面緊抱住我——

我花了整整五秒鐘才理解這個情況。

「什……什什什什！紫……紫条院同學，妳做什麼……？」

「呵呵、呵呵呵……」

耳邊聽見的是紫条院同學軟綿綿的聲音。

彷彿洗澡時用鼻子哼歌一樣，聲音聽起來相當輕柔。

「嗚呵呵……抓到你了，新濱同學……」

（這……這是……！）

這麼呢喃的紫条院同學眼神迷茫，臉上掛著極為嬌豔的微笑。

看見她泛紅的臉龐後，我的理性明顯就要掛出本日公休的招牌，已經可以說是飄盪在夢中的狀態了。

（已……已經完全喝醉了————！）

「啊哈哈哈哈……感覺腦袋一片空白，有種輕飄飄的感覺，真的好舒服喔……」

紫条院同學以充滿浮游感的模樣呢喃著。

染上紅暈的臉龐、迷茫的眼神，有些口齒不清的說話方式——無論怎麼看都是喝了酒的模樣。

「快……快恢復正常啊，紫条院同學！快注意到自己目前的異常！」

我紅著一張臉感到焦躁不已，用上了全部的理性來呼喚著對方。

因為我現在正被紫条院同學緊緊抱住。

至今雖然也跟紫条院同學有過身體上的接觸，但那全是因為紫条院同學的毫無防備或者是事故才會偶然發生的狀況。

只不過——這次就是紫条院同學主動抱緊我了。

就算是她的理性已經融化，但是現在心儀的少女在自己的意志下做出的擁抱動作，具備了讓我的心臟馬上就要破裂般的破壞力，我的思考能力也在其他意義上快要消失無蹤。

「啊哈哈哈，你在搜什麼啊新挤同學！我哪有什麼奇快的地方！呵呵呵呵……變成棉花糖的天空輕飄飄的……浮在浴池裡的小鴨也輕飄飄……」

（糟……糟糕……！真的完全失去理性了……！）

根據我看過許多醉漢的經驗，當對方說出來的話沒有什麼邏輯時，大多也聽不懂我方在說

什麼了。

也就是說，她已經相當醉了，老實說光憑我一個人實在忙不過來——

「嗚喔喔喔喔！新濱！在夏天的海邊擁抱之類的真是讓人羨慕，去死吧————！不過能看到你們兩個人那樣真是太好了啊，新濱————！」

「啊哈哈哈哈哈！春華真是積極耶！就是要這樣啊！處男什麼的只要稍微往他們身上靠就開幕十成ＫＯ了啦！戀愛喜劇漫畫也都是這樣畫的～！」

「嗚唷！快上啊春華！用妳作弊的身軀創造夏天火熱的回憶，來場夏日慶典吧～！」

（不……不行了……！沒一個傢伙能派上用場……！）

銀次、風見原、筆橋等三個人的思考能力依然處於明顯減退的狀態，從剛才開始就只會說些傻話。

明明喝下去的酒不算太多，每個人的臉都還相當紅，以像是要脫離俗世間一切煩惱般態度嬉鬧著。

「總……總之妳先放開我吧！可以嗎！」

「啊……」

少女身上傳出的輕柔香氣，以及靠在我胸膛上的兩個柔軟到難以置信的感觸。在加上其他諸多要素的零距離魅力以暴力將我的腦煮沸之前，我稍微加強力道把紫条院同學拉開。

「嗚嗚……被拉開了……果然還是不願意讓在海邊鬧過頭而全是海水味道的女生靠在身上嗎……」

「啥？不……不是啦，聽我說。紫条院同學在沒有注意到的情況下喝了酒，現在行動有些怪異──」

「嗚呵呵……沒關係啦……反正偶是至今為止幾乎沒有朋友的寂寞女孩……每次被別人逼近就會想哭的膽小鬼，老是讓新濱同學照顧我……！反正我就是不適合夏天的海邊，像是一個果汁空罐的女生啦……」

（說出像是疲憊ＯＬ的發言了……！）

到剛才為止明明都那麼開心，紫条院同學突然露出陰沉的表情，接著開始負面力量全開的自虐抱怨。

每個人喝醉的時候都不一樣……看來紫条院同學似乎是急遽在亢奮與沮喪之間擺盪。

（倒……倒是，現在該怎麼辦？要怎麼樣才能讓在場的三個人冷靜下來？）

在除了我之外的所有人都喝醉了的情況下，唯一沒有喝酒的我有種強烈受到排擠的感覺。明明應該做的就只有讓眾人冷靜並且等酒醒過來就可以了，但現在這種狀況，他們能否聽得懂我的話都很令人懷疑了。

（哪個人……哪個人來救救我啊……！難道我得在這種孤立無援的情況對應這樣的事態

第四章

宴會也將近尾聲但情況一片混亂

嗎！）

當我對現場混亂的程度感到絕望時——傳過來有人踢著沙子迅速從沙灘上跑過來的聲音。

「新……新濱少爺！這……這種情況是怎麼回事？」

「哦……哦哦！夏季崎先生……！」

我就像迎接救世主一樣，以歡喜的心情大叫著急忙趕到現場的夏威夷衫肌肉司機的名字。

對了，還有這個人在……！

「從遠處看著各位，覺得樣子實在不太對勁就趕過來了……到底發生了什麼事……？」

「其……其實是準備的飲料裡面，好像不小心有酒混進去了！而且外表看起來就像果汁一樣，除了我之外的其他人都喝了才會變成這樣……！」

「您……您說什麼！竟……竟然沒有發現到……！身為監護人與各位同行的我實在太丟臉了……！」

跟剛才的我一樣，不小心讓未成年喝了酒的罪過讓夏季崎先生以極為慚愧的模樣發出苦悶的呻吟。

曾經是大人的我很能了解他的心情。

不論是多麼難注意到的事情，如果會造成小孩子們的麻煩，大人都必須要防範於未然。

「我照顧一下紫条院同學，其他的三個人可以拜託您嗎！他們沒有喝下太多酒，讓他們喝點水然後乖乖待著應該就會冷靜下來了！」

「您似乎很習慣照顧喝醉的人呢！嗯，把他們交給我吧！那麼大小姐就拜託您了！」

得到清醒的大人這個強力的援軍後，我終於鬆了一口氣。

很好，接下來只要讓所有人稍微休息個一個小時——

「呵呵……請吧，新濱同學♪」

「咦……？」

不知道什麼時候已經從負面情緒中脫身的紫条院同學，把尚未使用過的紙杯交到我的手上。即使感到困惑還是把它接過來後，仍處於酒醉狀態的少女就拿著寶特瓶幫我倒了一杯柳橙汁。

「呵呵……媽媽幫爸爸倒酒時，爸爸都會說『嗚哈！老婆倒的酒可以趕跑一切疲勞！』然後重新打起精神，我這是在模仿他們喲！嗚呵呵……因為我們還未成年，所以倒的不是酒而是果汁！」

「呃，嗯……謝謝。」

從她提到未成年什麼的就能知道，她果然不知道自己現在喝了酒而且已經醉了。看著她依然迷茫的雙眼，就知道她有一半仍處於作夢狀態。

（不過……雖然是這種狀況，但是女孩子笑著幫自己倒飲料還是很令人高興……）

第四章

宴會也將近尾聲但情況一片混亂

上輩子工作的地方相當重視輩分，在參加宴會時幫忙倒酒已經變成一種義務。

不論是我幫上司倒酒還是年輕同事幫我倒酒都要說「平常受您照顧了！」並且露出虛假的笑容，根本就是為了遵守奇妙禮節的儀式。

所以……說不定這還是第一次。

真的有人出自內心想感謝、慰勞我的辛苦而幫我倒飲料。

喝了一口紫条院同學幫我倒的果汁（當然確認過不是酒了）後，紫条院同學像是感到很高興般咧嘴對我露出燦爛的笑容。

那種天真無邪的模樣相當可愛，倒的雖然只是普通的果汁，喝起來卻特別美味。

「對了，新濱同學……！今天！真的很謝謝你邀我來這裡！」

「咕呼！」

紫条院同學突然將泛紅的臉龐靠過來，在額頭碰到我胸膛的情況下行了個禮。這種醉酒的人特有的突發性謎樣行動，讓我差點就要噴出嘴裡的果汁。

情……情緒震盪的幅度果然相當激烈……！不過比平常更加天然呆的紫条院同學也很可愛就是了！

「一直想到海邊做的事情今天幾乎全部完成了，內心真的只有感謝……！真的非常、十分地感謝李……！為什麼總是幫忙實現偶所有的願望呢！」

在我胸口握緊雙拳的紫条院同學說出了感謝的發言，但是重複的語彙相當多。說話方式也變得有點幼稚，可以知道她的思考能力已經衰退。

「但是！其實唯一還有一件想做的事情！那個，請陪我一下吧！可以嗎！」

「啥？陪妳做什麼……？」

「就是那個啊那個！有點老的電影裡面出現的那個！夕陽很漂亮的沙灘剛好是絕佳的地點！」

「？」

紫条院同學以興奮的樣子這麼說道，不知道她想做什麼的我只能歪起脖子。在夕陽很漂亮的沙灘做老電影會出現的那個……？

「就是這個啊，這個！啊哈哈，我先走一步嘍！」

「等等，紫条院同學？」

紫条院同學突然背對著我，毫不猶豫地在夕陽點綴下的沙灘上跑了起來。臉上帶著看起來十分舒服的爽朗笑容，鞋子在浪潮聲中發出踩著沙子的腳步聲筆直地跑去。

（老電影裡的那個……指的是在夕陽底下的沙灘上奔跑嗎！確實我也有點想要試試看啦！）

「大……大小姐！在那樣的狀態下離開這裡的話……！」

第四章

宴會也將近尾聲但情況一片混亂

夏季崎先生頓時臉色大變，不過也難怪他會這樣。

已經快到太陽下山的時刻了，在酒醉狀態下離開這裡的話很危險。

一個不小心在醉酒狀態下跑到海裡去的話，甚至可能發生最糟糕的事態。

「我追上去抓住她！夏季崎先生請在這裡照顧他們三個人吧！」

「嗚……沒辦法了！那就拜託您了，新濱少爺！」

或許是酒精正在代謝吧，只見銀次他們無力地乖乖待在現場，不過要是一個不注意的話就可能會發生事故。因此現在必須有人留下來。

夏季崎先生內心應該是想自己追上去，但或許是不想浪費時間要求跟立刻跑了起來的我交換工作，於是把一切全交給我。

「等等我啊，紫条院同學！」

我全力追趕大步在沙灘上奔跑的少女嬌小背影。

「啊哈哈哈哈！在夕陽底下的沙灘上奔跑好開心啊！」

在視界中一切事物都被西下的夕陽照耀著的情況下，我為了抓住處於亢奮狀態而拚命在沙灘上奔跑的紫条院同學而踢著沙子。

少女奔跑的速度絕對不算快，不過或許是因為酒醉而麻痺了疲勞感吧，從剛才開始速度就一直沒有變慢……結果就是跑到距離ＢＢＱ地點相當遙遠的地方。

（即使喝醉了還有能夠跑這麼遠的活力，真的是青春的高中生啊……！不過也正因此而十分危險！）

我體驗著父母追逐無法預測行動的小孩子時所感覺到的焦躁感，同時為了追上因為酒精而變得過於自由奔放的少女而加快速度。

「咦……？怎麼覺得腳越來越沉重……」

或許是體力終於用盡了吧，紫条院同學的腳程開始變慢最後停了下來。

面對穿著純白襯衫呆立在沙灘上的少女，我像是要表示「太好了」般追上去伸出手——宛如不讓她再隨便亂跑一樣，緊緊抓住她纖細的肩膀。

「呼……呼……終於抓到了……」

「呵呵……被爪到嘍……」

我氣喘吁吁地宣告這場追逐結束了後，紫条院同學不知道為什麼以感到非常滿足的表情咧嘴笑了起來。

原本以為她喝醉了的腦袋會對被抓到一事感到不滿，但很不可思議的是，她甚至看起來很開心。

「呼，妳不要緊吧，紫条院同學？有沒有哪裡不舒服，腳會不會痛？」

由於在醉酒狀態全力奔跑了一陣子，所以就算身體突然覺得不舒服也很正常。

因為我在酒席中看過好幾次不習慣喝酒的新人變得臉色蒼白，所以立刻就擔心起這件事情。

「唔……新濱同學總是這個樣子……」

「啥……？」

轉過身子重新面向我的紫条院同學，不知道為什麼鼓起臉頰，像是感到很不滿般瞇起了眼睛。

怎……怎麼了？我剛才說了什麼奇怪的話嗎？

「在這樣的情況下……如果面對的是美月同學或者舞同學，新濱同學絕對會說出像是『別隨便就全力奔跑啊！』或者『為什麼我要在海邊陪妳跑步！』這樣的花吧！但是！為什麼對我卻用那麼紳士的口氣呢！感覺好像把我當成外人！」

「咦……咦咦！等……等等，那是……」

承受她氣噗噗的可愛發怒模樣的我頓時為之語塞。

面對風見原或者筆橋的話，我確實會做出那樣的對應……

「我們已經變熟好一陣子了，為什麼只有對我還是保持那樣的距離呢！太偏心了！不要說築起高牆，根本是蓋起一座稱堡了！」

精神年齡變得跟幼稚園兒童差不多的紫条院同學，一邊不停揮舞著雙臂一邊以亢奮的模樣

叫出內心的不滿。

而這意料之外的指責，讓我只能露出慌張的模樣。

（跟……跟紫条院同學相處時，我確實因為不想被討厭而總是以面對公主時的態度來對待她！她反而覺得都已經是朋友了，我怎麼一直都這麼見外嗎！）

聽見紫条院同學原本放在內心某處的真心話後，不知如何是好的我頓時說不出話來。

沒想到會讓她有那樣的感覺……

「……但是，我也有不對的地方……」

「咦……」

而在看見這樣的我之後，目前仍處於作夢般恍惚狀態的紫条院同學，突然就沮喪地乖乖說出反省的話來。

「雖然這麼抱怨新濱同學……但是仔細一想，我也沒有完成為了跟朋友變熟而必須做的重要事情……跟美月同學以及舞同學成為朋友時，她們明明教過我了，我真是沒用……」

「等等，紫……紫条院同學！為什麼要把臉靠這麼近！」

依然帶著呆呆作著夢般的容貌，紫条院同學突然把臉往我的臉靠近。

在我不清楚她的意圖而手忙腳亂時，穿著洋裝的少女，其形狀姣好的粉紅色嘴唇就接近我的左耳，擺出了說悄悄話一樣的姿勢。

（到……到底想做什麼？喝醉之後心情變化毫無軌跡可循，比平常更加難以預測她的行動了……！）

在ＢＢＱ前沖澡時使用的洗髮精香味鑽進我的鼻孔，讓我的胸口一陣發燙。

接著在不知道紫条院同學是否注意到我的混亂與臉紅的情況下，她又繼續把嘴巴靠近我的耳朵——

「心一郎同學……」

「嗚！」

溫柔的呢喃滲進我的耳朵裡面。

光是這樣一句話，我的耳朵就甜到發麻，彷彿被雷擊中的衝擊竄過全身。

「……心一郎同學……心一郎同學……」

「呀……呼哇啊……！」

我的名字就這樣斷斷續續地隨著苦澀吐息在我耳邊響起。

明明耳膜接受到的就只有這樣的情報，我的心臟卻在紫条院同學每次開口時不停地跳動，甜蜜的酩酊感也浸透到腦袋深處。

至今為止可以說經常被這名少女的美貌震攝，以及被她天真爛漫的笑容奪走心靈。

但是，剛才的感覺跟那些都不一樣，給我帶來了未知的體驗。

第四章

宴會也將近尾聲但情況一片混亂

簡直就像沉溺在甜美的烈酒裡一樣，呢喃聲變成蜂蜜逐漸融化了我內在的一切。

「呵呵……怎麼央啊？稱呼名字果然是成為好友的第一步對吧！每一本輕小說都是這麼寫的！」

把臉龐從我耳邊移開的紫条院同學，以呆呆的模樣這麼說道。

像是不覺得自己剛才的行為有什麼好害羞的一樣，以輕飄飄的幸福容貌對我露出天真無邪的笑容。

至於我則是陷入頭上快要冒出蒸氣的狀態，滿臉通紅而且發不出聲音。因為紫条院同學的吐息與稱呼姓名這樣的未知美酒而腿軟，甜蜜的酩酊感仍大量殘留在身體裡面。

（好……好強大的破壞力……就好像在腦袋上淋蜂蜜一樣，思考整個融化了……！）

其實紫条院同學前陣子住在我家時，跟我媽媽談話的時候也叫過我「心一郎同學」。但那怎麼說都是待在新濱家時為了區分才會如此稱呼，跟為了踏出增進感情的步驟而呢喃的這種狀況相比，破壞力與意義都完全不同。

「那麼，接下來該輪到新濱同學嘍！」

「咦！」

紫条院同學以燦爛笑容與閃閃發亮的眼睛凝視著我。

我當然察覺到那種天真無邪的視線冀求的是什麼，也很清楚要是不回應帶著興奮表情的少女的期待，這件事情就沒辦法結束。

但是——

（怎……怎麼說都還沒做好心理準備！雖然這沒什麼好驕傲的，但是我上輩子從未用名字稱呼過家人以外的女性喔！）

雖然這是我真正的想法——但是同時也是從上輩子就深深地了解，老天爺要給你試煉時從來不會挑選時機。

突然襲來的爆肝工作、電腦毫無預兆的所有檔案消失、業務擅自答應下來的，交貨日期的排程在物理上絕不可能趕得及的案件……不論什麼時候，狀況都不會等我做好心理準備。

「啊，那個，嗯……春……春……」

要是一鼓作氣說出來的話，難易度可能會低一點吧，但是在像這樣被心儀少女以充滿期待的眼神凝視著的情況下，羞恥心直接讓我的嘴巴僵住。

只不過——這對我來說絕對是遲早得要完成的事情。

如果接下來也想加深跟眼前少女之間的羈絆，我今天就得再突破自己的一道藩籬。

因為我已經知道，像這樣一點一點地前進，正是前世的我沒能辦到的最重要事項。

「……春華……」

「呀啊……！」

第四章

宴會也將近尾聲但情況一片混亂

隨著像是直接稱呼秀麗公主名字般的謎樣罪惡感，我一邊發抖一邊說出那兩個字。雖然羞恥帶來的熱氣直接衝到頭頂，不過同時也有確實踏出了一步這種讓自己感到驕傲的感覺。

「……等等，妳不要緊吧？怎麼好像突然變得更醉了？」

突然看向站在沙灘上的美少女臉龐，發現她就像受到強烈衝擊般瞪大了眼睛，不知道為什麼臉變得像是喝下一大桶酒那麼紅。

難道是……在沙灘上奔跑讓酒精的循環加快了？

「呵……呵呵呵……雖然感覺內心產生一點，不對，是很大的騷動，不過我不要緊……！這種輕飄飄的心情消散之後，將會在床上打滾的預感大概也是錯覺！我說不要緊就是真的不要緊！」

嘴裡雖然說著不像是不要緊的發言，不過就像我內心受到怒濤般衝擊時會做的事情一樣，紫条院同學也把手貼在胸口來調整呼吸。

至少從旁人的眼裡看起來完全不像是沒事的模樣。

嗯，不過先不管這個了——

「那個……如果說至今為止都因為太客氣而讓妳覺得不像是對待朋友的態度，我……真的很抱歉。」

「咦……？」

客觀上來看，面對風見原跟筆橋時都像是跟男生朋友一樣大剌剌地交談，卻只有對紫条院同學畢恭畢敬的狀況，被認為是太過見外也是沒辦法的事。

反過來說，紫条院同學跟其他朋友說話時要是捨棄平常大小姐的口氣，以輕鬆的方式交談的話，我或許也會產生疏遠感與寂寞感吧。

「雖然突然就要改變實在有點困難……不過今後我會努力以更加親切的口氣跟妳說話。所以那個……希望妳不要生氣了……」

「呵呵呵……我最近心情一直都很好喔……不過……」

雖然不清楚搖搖晃晃的紫条院同學能聽進去多少，不過我還是直接說出內心的想法。而紫条院同學聽見我的心聲後，就咧嘴露出比平時更加平易近人的笑容。

「但是……不介意的話，今後能夠像剛才那樣輕鬆地直接叫我的名字就太好了。好嗎？『心一郎』同學……」

「啊……嗚……紫条院同……啊，不對，是『春華』。」

「呵呵……這稱呼聽起來真不錯……」

以細細玩味著喜悅般的笑容這麼呢喃完後，紫条院同學就朝我走了過來。

在太陽遲遲未落下的晚霞之中，心儀的少女那種輕飄飄的笑容依然很耀眼。

「自從開始跟心一郎同學說話之後……總是覺得很開心……害怕的事情也越來越少……」

第四章

宴會也將近尾聲但情況一片混亂

紫条院同學迷茫的眼睛搖晃著，接著身體就倒了下去。

因為今天盡情玩樂的疲勞以及酒精作祟，少女的身體搖晃著以往前倒的姿勢失去了平衡。

（呃，好險啊……！）

紫条院同學像要依偎在我身旁般倒下，我則是抓住她的肩膀把她接住。

看來少女的意識已經相當朦朧，根本沒辦法顧及再也站不住的自己，以作夢般的表情呢喃著意識不清楚的發言。

「心一郎同學……總是為我帶來……許多的『歡樂』……」

在浪濤聲中，逐漸喪失意識的紫条院同學露出純潔的微笑。

因為夕陽而變得滿是紅色的世界裡，我的目光真的被她純真的發言以及感情的表現吸引住了。

「……跟你在一起……非常地……幸福……」

說完這句話之後，我支撐住的紫条院同學身體完全失去力量並且發出靜靜的鼾聲……我在撐住她身體的情況下坐下，將我們兩個人的體重放到沙上。

（啊啊真是的……怎麼有如此毫無防備的睡臉……）

體力完全用盡而進入睡眠當中的少女，臉上浮現宛如隨心所欲暢玩後小孩子般滿足的微笑。

「……好棒的夏天啊，紫条院同學。」

雖然剛剛才首次用名字來稱呼她，但還是因為習慣以及害羞而說出跟平常一樣的稱呼。

前世根本無法想像的海邊之旅，給我帶來過去絕對無法獲得的炫目青春回憶。

由衷地認為自己能夠鼓起勇氣提出邀約，盡可能想有所進展的態度真是太棒了。

嗯，不過這件事現在不重要……

「…………咦？這種狀況難道是……」

準備回到眾人所在的地方時，我突然注意到。

發出鼻息聲的紫条院同學當然無法動彈，而夏季崎先生為了照顧另外三個喝醉的人，也沒辦法離開那裡吧。

如此一來──

「難道說……我必須把紫条院同學揹回去……？」

注意到這個事實，我就在沙灘上露出滑稽的慌張模樣──但終究沒能想到除此之外的方法，最後花了相當長的時間才能下定決心。

終幕1
閃亮炫目的海邊回憶

「嗚哇，春華姊穿泳裝的模樣好辣！從清純模樣溢出的情色感是怎麼回事！」

新濱家的客廳裡，妹妹香奈子看見我的功能型手機螢幕上紫条院同學的泳裝照後，像是嚇破膽一樣大叫著。

順帶一提，這張泳裝照是風見原機靈地用功能型手機拍下來的，在ＢＢＱ之前隨著「雖然變得很像春華的泳裝宣傳照，不過你就先收下吧」的訊息一起傳了過來。

就已經習慣智慧型手機時代的我來看，照片的解析度不高當然很令人難過，不過楚楚可憐的黑長髮美少女，其肢體所醞釀出來的風情與可愛度令人震驚，就算不是妹妹也會因為它的破壞力而瞠目結舌吧。

（去海邊玩真的很很開心……嗯，雖然收尾的工作很累人就是了……）

在冷氣發威的室內喝了口麥茶，我回想著昨天發生的事情。

在那片沙灘上跟紫条院同學追逐之後——沒辦法的我只能揹著睡著的少女回到大家所在的地方。

而那簡直就跟試煉沒有兩樣。

因為在兩顆柔軟豐碩果實靠在背上的感觸，以及紫条院同學的鼻息吹拂著脖子的狀況下，為了不把睡著的美少女吵醒，我必須慢慢地往前走才行。

而且紫条院同學可能是因為睡不好的緣故吧，經常會發出「啊……嗯……」或者「哈……嗯……」等令人神魂顛倒的聲音，抱持著立刻就要爆發的煩惱往前走確實是需要神蹟般的精神力。

（而且回去後發現銀次他們三個人也都喝醉而睡著了……要是夏季崎先生不在的話就完蛋了。）

因為沒有喝醉而必須負起善後任務的我，就跟平易近人的肌肉司機一起收拾烤肉爐等物品，將喝醉的四個人放到車子上後就踏上了歸途。

順帶一提，關於喝酒的事故，由紫条院家做出了「各位放心地把孩子交給我們，卻發生這種監督不周的事故真的非常抱歉」的謝罪，不過每個家庭都了解那不是惡行而是小孩子們不小心犯下的錯誤，所以都笑著原諒了孩子。

然後到海邊玩的隔天中午也就是現在，這個妹妹就像等不及喜歡的漫畫最新一集出版的讀者一樣，說著「老哥啊！該跟我報告去海邊玩時發生什麼事情了吧！快點快點！」來催促我。

因此我現在正連同著當天的照片向她仔細地說明發生了哪些事情——

終幕1

閃亮炫目的海邊回憶

「……關於我的老哥在海邊網羅了所有色色意外後才回家這檔事。」

「別說的好像輕小說的書名一樣！」

新濱家的客廳裡，我直接吐嘈了香奈子交雜著傻眼與感嘆的一句話。

「因為那種大量賺翻天的情境只能讓我這麼說啊！不過呢……呵呵，眼前已經浮現老哥每次跟春華姊貼在一起都會滿臉通紅的處男模樣了！」

「嗚……」

想像著我在現地的慌張模樣，香奈子就咧嘴露出了壞心眼的笑容。然後因為她的想像完全正確，所以我根本無法做出任何反駁。

「話說回來，正如老哥所說的，你的朋友們都很願意幫忙耶。一群人一起出去玩的話，這部分就挺重要的，結果正如我的想像真是太好了！」

「啥？重要……是哪裡重要？」

感到不可思議的我如此問道，香奈子就像要表示「真拿這個處男老哥沒辦法」般，以無奈的表情開始解說。

「首先呢，你應該知道一群朋友去海邊或者參加祭典的話，就是增進男女生之間情感的機會對吧？因為只要扛著『大家一起來』的招牌，就會減輕害羞的心情。」

嗯，關於這一點我也認為是這樣。

男女混合的集團一起出遊，確實可以成為隱藏自己心意的遮羞布。

「跟輕率地硬是想辦法兩人單獨出門而緊張到全身僵硬比起來，一群人出門的話順利成為情侶的機率也會上升。但是呢，這時候一起去的其他朋友，其人品就很重要了。」

「是……是這樣嗎……？」

原本是大叔的我，這時只能坐好專心聽著不知不覺間就開始的香奈子老師戀愛課程。

「是啊。只要有固執地追求一定要所有成員一起行動的人，或者對於氣氛良好的兩個人過度起鬨的人，場面就會有點尷尬了。反過來說，如果是沉默寡言而掃興的成員，也會讓場面冷清而根本沒有發展感情的心思。」

簡直就像在聯誼社團徹底鑽研過男女關係的大學生那樣，香奈子以帶著真實感的口氣這麼說道。每次都會覺得這個傢伙真的是國中生嗎？

「關於這一點，老哥的朋友好像全都在幫你加油，似乎正如預料地提供了許多幫助不是嗎？」

「嗯……他們都是很棒的人……」

確實這次發生了許多讓我覺得有那三個人在真是太好了的事情。

嗯，不過欠的人情在酒醉事件的善後工作時應該還了一些了吧……

「呵呵，聽了老哥的敘述後，我就覺得你周圍的人都這麼給力的話就沒有我出場的餘地

終幕1
閃亮炫目的海邊回憶

了，所以就沒有跟著一起去海邊……看來我的選擇果然是正確的。」

「咦……？妳……妳本來打算一起去嗎？」

「嗯，原本是想氣氛要是很尷尬的話就幫忙負起炒熱場子的責任。不過呢……這麼做的話老哥和春華姊都會忍不住來照顧我，所以真的是最後的手段。」

香奈子嘴裡說著「要是在海邊遇見春華姊的話，我也會一直想黏在她身邊」，接著便笑了起來。

看來她有自信就算加入哥哥的朋友群裡面也能馬上跟他們打成一片，根據情況，她說要跟著一起去可能是頗為認真的發言。

但就算是這樣——

「……謝謝妳，香奈子。」

「呼咿？」

我一表達感謝的心意，妹妹就瞪大了眼睛。

「妳真的全力為我的戀情加油耶。想不到妳竟然真的打算有需要的話就一起到海邊來幫我一把……真的很謝謝妳如此為我著想。」

「那……那個……哼……哼！少臭美了，老哥！我雖然非常替你的戀情加油，但說起來是想讓春華姊變成我的大嫂……喂喂！別沒有獲得允許就摸我的頭！」

可愛的妹妹露出符合年紀的害羞模樣後，我就觸碰著她的頭部，然後緩緩撫摸她烏亮的頭髮。

上輩子妹妹可能是被我傷得最深的人。原本未來會對我失望透頂的家人，現在卻如此擔心我的事情。

這樣的事實讓我不斷湧出溫馨的心情，於是便不厭其煩地摸著妹妹的頭。

而香奈子嘴裡雖然抱怨著，倒也沒有特別抗拒，只是稍微紅著一張臉讓我撫摸了一陣子頭部。

「嗚嗚……感覺最近老哥越來越習慣跟女孩子相處了……說起來呢，老哥的覺醒與其說是從陰沉變身成開朗的個性……倒不如說是內在一口氣變成大人，變得像是爸爸一樣了……？」

或許是屈服於哥哥的摸頭攻勢而感到懊悔吧，香奈子嘴裡這麼抱怨著。

而分析竟然頗為接近核心正是她的厲害之處。哪一天我表明其實我是穿越時空回到這裡，這個妹妹也可能馬上就相信了。

「嗯，先別管這個了，在海邊有了豐碩的戰果真是太好了，老哥！確實地在物理上緊貼在一起……終於達成期盼已久的以名字相稱也很重要！以香奈子小妹的戀愛心理學來說，那是終於要開始突破朋友關係的蛹了！羽化並且拍動翅膀飛翔的日子很近了！」

「嗯……那的確是很棒啦，不過用名字相稱的時候紫条院同學已經很醉了，我想她大概不

記得了吧。」

「咦……喝酒真的會喪失記憶嗎？那不是漫畫裡面誇大的表現嗎？」

就年齡來說香奈子當然不可能知道酒有多麼恐怖，只見她驚訝地瞪大了眼睛。

妹妹啊，一點都沒錯喔。尤其是妳長得這麼可愛，將來喝酒的時候要特別注意啊。

「嗯，雖然每個人體質的差異相當大，不過確實有人會真的喪失記憶。喝醉然後醒過來時就好像從居酒屋瞬間移動到家裡一樣而嚇得半死……像這樣的事情其實並不是虛構……嗯，當然都是我聽來的啦。」

一般來說，不是真的喝到不省人事的話是不會出現這種情形……但那時候跑了一陣子，酒精已經巡迴全身了，紫条院同學的樣子也像是在說夢話一樣，我想記憶應該中斷了才對。

「不過，老實說還是忘記了對紫条院同學比較好……妳想想看嘛。比如說妳喝醉了而用力抱住我並且用臉頰在我身上磨蹭，然後還不斷說著『最喜歡老哥了♪』的記憶還殘留著的話，一定會痛苦到打滾吧？」

「等等，就算喝醉了我也不會說那種話啦！嗯……不過……如果腦袋一片空白而做出那種事情的記憶殘留下來，說句難聽一點的話，真的會立刻想去死耶……」

「對吧？嗯，我當然也覺得很可惜，但是會讓她本人痛苦不堪的記憶殘留下來的話也太可憐了。」

「這樣啊，如果還記得的話……像是抱緊老哥、以忽而亢奮忽而沮喪的急遽情緒變化在沙灘上奔跑、傾訴對於老哥的不滿、在耳邊呢喃著『心一郎同學』等等的記憶都還會留著對吧……」

「哈哈哈，嗯，以那種口齒不清且一臉茫然的模樣來看，幾乎可以確定記憶不會留下來了。如果那些事情全部記得的話，就算是天真爛漫的紫条院同學也會在羞得床上打滾啦！」

就看過無數醉漢的我來估計，銀次他們三個人大概會有斷斷續續的記憶，以紫条院同學酒醉的程度，那時候的記憶應該完全消失了吧。

那場酒精帶來的騷動，只要留在我的記憶裡就夠了。

「嗯，不過真的會那樣嗎……？說不定她其實記得很清楚……」

香奈子雙手環抱胸前，對著確信心儀女性能保持內心平靜而笑了起來的我丟出這樣的疑問。

終幕2

夏天結束，新的季節與階段的開始

終幕2
夏天結束，新的季節與階段的開始

第二學期的第一天是從大晴天開始。

在仍然悶熱的氣溫當中，許久不見的同學們都帶著假期剛結束的慵懶模樣來到學校。

但或許該說是年輕的力量吧，經過短短一個小時後，每個人都回復成平常的模樣，教室各處都可以看見跟許久未見的同學聊天談笑的情景。

（上輩子的我在暑假結束時總覺得非常痛苦，完全無法理解個性開朗的傢伙們所說的「跟待在家裡比起來，還是來教室跟朋友一起開心多了！」……）

不過現在我深深體會到他們為什麼會這麼說了。不用再害怕周圍的現在，這間教室裡吵雜的聲音也讓人感覺頗為舒適。

現在的我，很喜歡因為「拜……拜託！讓我抄一下作業！」或者「對了，你跟社團同伴去露營怎麼樣了？」等等發言而盈滿的氣氛。

「那個……前天真的很抱歉，新濱……」

「嗯？」

把視線轉往突然傳來聲音的方向，結果銀次、風見原、筆橋等三個人正一臉愧疚地併排站在我前面。

感覺好像特別地老實……

「對……對不起喔，新濱同學……說真的記憶已經很朦朧了，不過稍微記得是新濱同學跟那位司機先生照顧酒醉而頭昏腦脹的我們……」

「事到如今已經不清楚是我們三個人之中是誰弄錯買到酒了……不過，好像真的給你添了很大的麻煩……」

個性認真的三個人，似乎對犯錯而喝了酒給周圍的人添麻煩一事感到沮喪。嗯，當時的確是手忙腳亂啦……

「哎呀，沒關係啦。也沒有大鬧特鬧，而且BBQ也快結束了。」

我笑著這麼回答之後，三個人鬆了一口氣，表情也柔和多了。

「呼，聽你這麼說就稍微減輕了一點罪惡感。那個，對了……我們當時的記憶相當模糊，可以說幾乎不記得了……不會說了什麼很丟臉的事情吧……？」

平常總是我行我素的風見原，這時候似乎也因為模糊的記憶而感到沮喪，怯生生地這麼對我問道。

嗯，不記得自己說過什麼確實很恐怖。

終幕2
夏天結束，新的季節與階段的開始

「這個嘛，一個一個分別來說的話……首先銀次不用太在意。只是變得有點愛哭，說的話跟平常沒有太大的差異。」

「這……這樣啊……那真是太好了，不過實在太過平凡，之後沒辦法拿來當成聊天的話題還是有點可惜就是了……」

嗯……喝醉時說出口的都是那個人的壓抑與真心話，像你這種沒有特殊嗜好的正常御宅族，不會說出什麼糟糕的話啦。

「至於風見原同學嘛……呵呵，想不到妳那麼感謝我啊。」

「咦，等等，我到底說了些什麼？那種溫柔的表情是怎麼回事？」

沒關係啦，風見原。雖然妳總是板著一張臉，言行舉止也像個冰冷的毒舌型ＯＬ，不過我知道妳是真的很重視朋友。

「然後最後是筆橋同學……嗯，為了女孩子的名譽，我還是保持沉默吧。」

「咦……咦咦咦咦！等等，那是什麼意思？到底是怎麼一回事？」

也難怪她會有這種反應，但這是沒辦法的事。

因為那個時候的筆橋跟平時的健康美少女完全不一樣，完全是好色老頭的型態。

「盡情地享受那兩顆飽滿的哈密瓜還是圓滾滾的蜜桃了嗎……？」

「那副炸彈級的身軀就不用說了，鎖骨下面的痣真的非常誘人……咕咿嘿嘿嘿……」

……讓她想起自己嘴裡說著這種話並且呼吸急促地大口喝酒的模樣實在有點殘忍。

這個青春洋溢的運動美少女其實是悶騷型色狼的事實，還是暫時只封印在我的記憶裡面才能保持和平吧。

「哎呀，只是稍微露出另外一面而已，別那麼在意啦，筆橋同學。啊，不過以後可以喝酒的話，也要確實了解自己的極限在哪裡喔。在大學社團之類的地方喝醉而犯錯的話，將會影響到之後的生活。」

「你都說成這樣了，怎麼可能不在意啊！」

筆橋像是打算追問下去般這麼大叫，但我則是移開視線無視她的要求。

如果她強烈要求的話是可以說給她聽，但再怎麼樣也沒辦法在教室的正中央說出口吧。

「嗯？哦，紫条院同學好像來了。」

銀次的聲音讓現場的氣氛重置，我跟兩個女孩子一起把視線朝向出現在教室裡的美少女。

（啊啊……穿制服的模樣果然很可愛。）

看著她頂著烏亮長黑髮的超可愛容貌，就覺得跟那樣楚楚動人的美少女在海邊緊靠在一起的事實像是在作夢一樣。

原本擔心她因為喝醉而睡著之後的事情，但是昨天我跟香奈子談過之後，受到前天疲勞的影響而一路睡到晚上，錯失了傳送訊息給她的時機。

終幕2
夏天結束，新的季節與階段的開始

「早安，紫条院同學。妳的身體沒事了吧？」

我走近紫条院同學的座位，對前天見過面的少女打招呼。

能像這樣自然打招呼的精神力正是我第二次人生的最大武器，也是這輩子跟紫条院同學累積起來的羈絆帶來的成果。

原本是這麼認為——

「……嗚！」

（咦……？）

平常總是開朗地跟我打招呼的紫条院同學，一看見我的臉後就迅速把臉別開了去。

不是沒聽見聲音或者有其他人在叫她。

是對我的聲音有所反應，像是不想看見我的臉一樣把視界從我身上移開。

「啊……咦……？紫……紫条院同學……？」

「……我……我去一下洗手間！」

完全不看向我的臉，紫条院同學像是逃走一樣離開教室。

然後被留下來的我只能茫然目送她離開，像座石像一樣，以對紫条院同學搭話那個瞬間的姿勢僵在那裡。

（把對著我的臉別開……逃走了……？不想看見我的臉，甚至無法忍受我待在她面前嗎……？）

面對這完全沒有料到的反應，我受到腳邊的地面突然消失，整個人掉入深淵般的感覺襲擊。

全身的血液宛如北極的海那樣凍結，可以感覺到玻璃心上出現無數裂痕。

接著我內心的生氣就開始枯竭——直接攤軟到教室的地板上是必然的結果。

「嘿？嗚哇啊啊啊！新濱好像死掉了！」

「等等，咦，怎麼搞的？是嚴重的中暑嗎？」

「嗚哇，不妙了！臉色變得跟殭屍一樣！應該說呼吸很微弱喔！」

「啊啊，真是的！春華的態度也是充滿謎團，不過真的搞不懂新濱同學的精神力究竟是強還是弱耶！」

可以聽見班上同學與朋友們驚慌失措的聲音，但我受到致死傷害而倒下的心靈完全沒有任何感想。

被紫条院同學討厭了。

好想死。

＊

終幕2

夏天結束，新的季節與階段的開始

社畜時代也嘗過好幾次絕望的滋味。

像是應該購買十個的物品因為我方的失誤而寄來一千個時、被交代在明天前獨自完成十個人一起進行都不知道能不能結束的案件時、得知儲存了社內資料的數據存儲器掛掉，備份又沒有作用時，可以說是不勝枚舉。

但這次的種類完全不同。

工作上的絕望會讓人有種被冰錐刺穿心臟般的感覺，而被心儀的女孩子討厭，則像是世界從腳邊開始崩壞一樣跌落黑暗之中。

到底是哪裡做錯了？

是下意識中盯著穿泳裝的她太久了嗎？雖然不是出於主動，但不小心觸碰到她的身體好幾次？還是內心隱隱覺得生理上無法接受我？

「好想死……」

「正想你終於開口說話，結果是這種內容嗎……」

回過神來之後，發現我正趴在自己的桌子上，而銀次則站在我身邊。

從剛才開始時間感就很曖昧，想不起不久前發生的事情。

「啊啊銀次……開學典禮差不多要開始了吧……？」

「典禮早就結束了！你這傢伙真的不要緊嗎？」

聽他這麼一說，我才終於回想起至今為止發生的事情。

今天早上發現紫条院同學躲著我之後，就因為受到嚴重的打擊而癱倒。

但好不容易重新振作起精神的我，就宛如剛出生的小鹿般撐起虛弱的身子，想盡辦法要跟紫条院同學搭話。

只不過──等待著我的是明顯在躲著我的紫条院同學這種過於殘酷的現實。

即使跟她搭話，她果然還是別開臉逃開了去，根本沒辦法好好交談。

在體育館舉行的開學典禮結束後教室裡也看不見她的身影，我因為過於絕望而把臉頰貼在桌子上，前往自我懲罰的宇宙來逃避現實。

不過……不能一直這樣下去。

「筆橋同學跟風見原同學似乎試著要從紫条院同學那裡問出原委，不過好像跟你一樣，仍無法跟她有所接觸。」

「這樣啊……好，心靈的休息就到此結束了……」

我激勵著因為過於失意而萎縮的心靈，搖搖晃晃地站了起來。

社畜時代的我，學到了不論再怎麼痛苦，大人就是得自己解決自己的事情才行。不論心被刨走多大一塊，或者工作過於忙碌而身體明顯不適，都沒有人會幫助自己。

正因為這樣，可憐的我也確實學會了重新振作精神來自己解決問題的風格。

雖然仍身受重傷，但面對絕對得解決的問題，最重要的就是要趁早著手來一口氣加以改善。

「哦，恢復成平常的模樣了嘛。」

「仍未從足以致死的打擊中恢復過來啦。不過，也不能再垂頭喪氣地耗著了。」

「明明到剛才眼睛都像是冷凍烏賊一樣，少在那裡耍帥了。啊，紫条院同學的話，她在中庭的長椅前面喔。提供情報的風見原同學表示『請在新濱同學重新開機後告訴他吧』。」

「很棒的情報，銀次……！好，那我就過去了！」

說完後我就衝出教室。

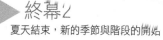

周圍不知道發生什麼事的學生們把視線集中到在走廊奔馳的我身上，不過我全部當成沒看見，只是專心地趕往心儀少女的身邊。

*

（找到了……！）

開學典禮結束後到班會時間開始的休息時間裡，紫条院同學為了避免待在教室而坐在中庭的長椅上。

她的表情不知道為什麼相當忙碌。

原本以為露出陰暗的表情垂頭喪氣地坐在那裡，馬上就又左右搖著抱住的頭部，另外還用雙手覆蓋住臉部，很容易就能看出她的內心並不平靜。

包含我的事情在內，今天的紫条院同學果然有點奇怪。

但是就算想要探查原因，要是無法對話的話就沒辦法開始。

（就這樣停下來跟她搭話的話，很可能又會被躲開……！那就只能用強硬的手段了！）

幸好周圍沒有其他人在。

嗯，其實就算有人，要做的事情也不會有任何改變就是了……！

「紫条院同學——！」

「咦……？」

看見全力奔跑過去的我，紫条院同學就瞪大了眼睛。

很好，就這樣嚇得僵住吧！

「對不起啊啊啊啊啊啊啊啊啊啊啊啊啊啊！」

「呀……呀啊啊啊！」

維持著全力奔跑的速度，我像是滑壘一樣在紫条院同學面前跪了下來。

終幕2
夏天結束，新的季節與階段的開始

制服的褲子完全被中庭的土弄髒了，但這只是小事一樁。

「你……你你……你在做什麼啊，新濱同學！」

像是無法理解狀況的紫条院同學陷入混亂之中，不過也難怪她會這樣。

說起來我自己也知道這個方法相當強硬且粗暴。

下跪是即使捨棄自己的尊嚴也要表示歉意的究極道歉方式。因此若是輕忽下跪者的話將會產生不小的罪惡感。

個性溫柔的紫条院同學，無法無視對著自己下跪的人——我不否認有這種狡猾的算計，但我不希望她繼續躲著我了。

「如果我做了什麼讓妳不開心的事情我可以道歉！不論什麼事我都願意做！所以……所以，拜託妳告訴我是對我的什麼地方感到不滿呢？」

這時我終於成功地對著愣住的紫条院同學表達自己想說的話。雖然完全不清楚對方會有什麼反應，但是我已經下定決心要取回到昨天為止的關係。

只不過——

「……咦？我討厭新濱同學……？」

「咦？」

簡直就像被問了完全沒想過的事情一樣，紫条院同學茫然這麼回答。

兩人之間牛頭不對馬嘴的對話，讓我忍不住抬起垂下的臉發出呆滯的聲音。

「沒有啦，因為……從今天早上開始，只要我搭話妳就會把臉別開，因為妳一直躲著我，才想是不是在沒有注意到的情況下做錯了什麼事，讓妳開始討厭我了……」

「咦，啊……啊……！不……不是的！完全不是那樣！」

表明我下跪的理由之後，紫条院同學就驚訝地瞪大眼睛，以帶著焦急的認真表情放聲大叫。

她大動作揮舞雙手，可以知道她正全心全意地否定我擔心的事情。

「我怎麼可能會討厭新濱同學……！」

聽見她像是忘了調節聲量般極度拚命的聲音後，這次換成我驚訝地瞪大眼睛。

雖然不清楚天然呆的紫条院同學在說這句話時是否究竟有思考過它代表什麼意義，不過顯示我們建立起來的緣分與羈絆的發言對我來說絕對是福音。

炫目的太陽光朝著我原本沉入黑暗深淵當中的心降下。

像是遭到老虎鉗緊緊夾住的胸口瞬間變得輕鬆，感覺到距離平靜相當遙遠的心臟與腸胃也逐漸恢復成原本的模樣。

「真……真的嗎……？不是因為討厭我才一直躲開的嗎？」

「我沒有任何討厭你的理由！絕對沒有！絕不可能發生那種事！」

面對以懇求語氣如此詢問的我，紫条院同學像小孩子一樣加大音量拚命地重複了一遍。她的一字一句對我來說都像是最甜美的精神滋潤。

「呼……太好了……太好了啊啊啊……………」

「咦……咦？新……新濱同學你在哭嗎？」

當然會流下放心的眼淚啦……

在海邊也被風見原調侃過了……事到如今才自覺自己內心抱持的愛意究竟有多沉重。

如果接下來告白並且被拒絕的話，我會不會有一年左右都變成行屍走肉狀態……？

「咦，可是……那為什麼紫条院同學今天要刻意跟我保持距離呢？」

「……嗚！」

跪著的我站起身子並且拍了拍褲子上的塵土，然後試著提出這必然會出現的疑問……不知道為什麼，紫条院同學卻一瞬間僵住了。

「啊，沒有啦，那……那個……讓你產生誤會真的很不好意思，只能跟你道歉，說不定新濱同學無所謂，但我自己實在是承受不住，無法解決心中的一片混亂，只要稍微回想就羞恥到腦袋發燙然後當機……！」

「？？？」

紫条院同學滿臉通紅並且手足無措到前所未見的地步，像是在比手語一樣忙碌地動著手臂，讓我知道她正處於極度混亂的狀態。

她的感情與腦袋的思緒似乎都尚未整理出頭緒，看起來就像是思考能力馬上就要短路了一樣。

嗯嗯……？我無所謂但是她無法承受？只要稍微回想到就很害羞……？從這些話可以推理出來的是……啊！

「那個……難道說……」

我吞吞吐吐地對目前仍無法整理好感情，像是處於過熱狀態中的紫条院同學丟出這麼一句話。

「在海邊喝醉時發生的事情……妳不會都還記得吧……？」

「————嗚！」

如此宣告之後，紫条院同學就說不出話來並且倏然靜止。

接著原本就很紅的可愛臉龐變得更紅了一些，少女用雙手靜靜地覆蓋住自己滿是羞恥的臉龐。

然後就這樣沉下腰部蹲了下來，變成了足球選手沒有射中球門所做的「沒臉見人……」姿勢。

「…………是的…………我還記得…………」

「這樣啊……」

縮起身體含著眼淚的紫条院同學現在立刻要消失般的聲音，讓我逐漸感到傷心，但是也只能做出這樣的回答。

＊

我——紫条院春華目前處於人生最大的羞恥情緒之中。

地上有洞的話恨不得能夠鑽進去，真想就這樣縮得比一粒沙還要小。

什麼臉快要噴出火來的形容根本不夠看，已經害羞到全身快要起火燃燒的地步。

（好……好想死……！真想現在立刻消除自己的存在……！）

無法面對現在新濱同學就在眼前這個事實。

光是承受他的視線，身體就發燙到想在地上打滾。

本來應該裝出不記得的樣子才對。

只要說記憶裡沒有那個時候做過的事情，新濱同學應該也會相信自己吧，而且那麼做的話，現在感覺到的羞恥說不定也會減少一些。

（但是實在辦不到！因為昨天那麼清晰地回想起來了……！）

抱持著想從新濱同學面前消失的想法，我開始回想起昨天的事情。
我不由得拚命挖掘著如果能忘記就太好了的，暑假最後一天的記憶。

＊

「時間回溯到開學典禮前一天」

「……嗯……」
在自己房間的床上，我——紫条院春華醒了過來。
睡覺時似乎流了汗，身上的T恤變得有點濕。
「……咦……？為什麼在我的房間……？我應該跟大家一起去海邊……」
空調溫度適中的房間裡，睡眼惺忪的我從床上起身。
記憶不知道為什麼變得很模糊，無法立刻想出前後關係。
海邊……對了，海邊。我在新濱同學的邀約之下到海邊去玩……？
（難……難道……海邊的事情全部是在作夢？）
臉色大變的我尋找著手機，發現放在床旁邊的手機後急忙操作了起來。

終幕2

夏天結束，新的季節與階段的開始

以祈禱般的心情看著相片資料夾——該處儲存了幾張新濱同學與其他人的相片，我這才鬆了一口氣。

「呼……太……太好了。如果那全都是幻覺，我可能會崩潰……」

打從內心鬆了一口氣的我，視線落到了手機拍攝的照片上。

對於長久以來沒有朋友的我來說，每一張照片都像寶石一樣珍貴。

「呵呵……真的很開心……」

憧憬的「跟朋友去海邊玩」比期待中更讓我感到興奮。

跟大家一起大鬧特鬧，一起吃飯，在海裡面游了很久的泳，也曬了很久的太陽。晚上又是在沙灘上ＢＢＱ這種理想的晚餐，我一個不小心就吃太多了……

（咦……？話說回來，從ＢＢＱ肚子吃得很飽開始記憶就有點模糊……？我到底是怎麼回到家的？）

按照正常的情況來說，吃了許多食物後加上玩累了，很可能會就此睡著，但總覺得有那裡不太對勁。

「嗯……嗯……？」

我把雙手的食指貼在頭部，開始探索記憶而發出呻吟。

對於要回想起這無法理解的事情有種抵抗感。

甚至有種自己在下意識中叫著「就這樣當成睡著了就可以了！不能夠回想起來！」的感覺，但為了不讓那美好一天的回憶有所欠缺，我還是探索著記憶。

然後——

「嗚呵呵…………抓到你了，新濱同學……」

「咦……？」

這……這記憶是怎麼回事……？

「心一郎同學……心一郎同學……」

「咦……咦咦……！啊……啊……啊……！」

一旦記憶解開封印，就像是潰堤般不斷地想起自己曾經做過的事情。

抱緊新濱同學把臉頰埋進他的胸口。

央求他在沙灘上追逐並且跑了起來。

對新濱同學丟出一大堆關於「太過見外了！」的不滿——

「啊啊啊啊啊啊啊啊啊！啊啊啊啊啊啊啊啊啊……！」

甦醒的記憶讓我臉頰發燙，無法處理蘊藏於胸口的爆炸性羞恥心，於是在床上胡亂動著手腳。

對於自己實在太過火的行動，我只能抱著頭在床上打滾。

（我……我……我……我到底在做什麼啊……這已經超越害羞之類的程度了……！）

為什麼會做出那種事……繼續探索記憶後，就朦朧地想起新濱同學好像提到酒什麼的事情。

雖然完全不清楚事情的經過，不過一定是發生了什麼錯誤，讓喝的飲料裡面參雜了酒。

我因為喝了酒而產生難以置信的輕飄飄感覺……

（我……我為什麼要想起來呢……！自尊心快要被自己的記憶摧毀了……！）

記憶這種東西似乎具備連鎖性，想起一件事後與其相關的記憶也會再次復甦。

沒錯，比如說——喝醉酒然後緊抱住新濱同學時，臉頰貼在他胸膛上的壯實感觸，還有把嘴巴靠近新濱同學的耳朵發出帶熱氣聲音時的興奮感之類的……

（要……要死了……！我差不多要死掉了……！）

用雙手覆蓋住變得通紅的臉龐，足以讓腳尖都僵直且無法忍受的羞恥心似乎要從我的全身溢出。

總之許多方面都到了界限。

「怎麼了，春華——！發生什麼事了啊啊啊啊啊啊！」

「等等，老公！不是告訴過你，沒有敲門就衝進女兒房間是很糟糕的事情，也要你別這麼做了吧？」

當我的心像火山爆發般引起一陣大騷動時，爸爸跟媽媽就突然進到我的房間來。

似乎是在這個寬敞的家裡一路從客廳跑到這裡，爸爸的呼吸有些急促，媽媽好像是為了阻止他而追過來。

「夠了，哪有做父母親的聽到女兒的悲鳴還不跑過來的！所……所以發生什麼事了，春華？一醒過來就發出那樣的聲音，是在海邊那個小鬼對妳做了些什麼嗎？」

「嗚嗚嗚嗚嗚嗚嗚……！他沒有對我做什麼……！應該說做出奇怪事情的其實是我……！啊啊啊啊啊啊啊啊……！」

其實是什麼都不想說的狀態，但是新濱同學就快要蒙上不白之冤，所以我便反射性這麼大叫。

「咦？那是什麼意思！快說快說，海邊發生了什麼又羞又喜的事故嗎？媽媽最喜歡聽這種事情了！」

最近稍微了解到一件事！就是不只是爸爸，連媽媽都很不尊重女兒的隱私權……！那種充滿期待且閃閃發亮的眼神是怎麼回事！

「我聽夏季崎先生說了，話說回來春華好像弄錯飲料而喝到酒了吧……嗯……嗯嗯……？難……難道說……要準備紅豆飯了……？」

「喂，秋子——！妳剛才到底想像了什麼？」

終幕2
夏天結束，新的季節與階段的開始

「沒有啦，就是這個孩子平常雖然相當乖巧，但就是有種會在下意識中變得憂鬱的傾向。這時候要是喝酒而拋開束縛的話……就覺得會發生不得了的事情。」

這對突然闖進女兒房間裡的爸媽實在是……！

現在腦袋裡頭一片混亂，請暫時讓我自己一個人靜一靜吧！

「真是的，沒有什麼好擔心的！請兩位快點出去吧！」

在感情依然熱失控的狀態下，我全力張開雙臂這麼大叫。

兩個人對我這樣的反應露出驚訝的表情，嘴裡說著「抱……抱歉……」「對……對不起喔春華……」並立刻逃離房間。

「唉唉唉唉……」

即使在恢復安靜的房間裡嘆了一口氣，仍然盤旋在胸口的羞恥心還是沒有消失。

躺在床上的我用毯子從頭蓋住自己，在變得像鬼魂的狀態下低下頭來。

唯一的救贖是目前仍是暑假。

至少還有一點能夠做好心理準備的時間——

「咦……」

這時我才注意到。

掛在房間裡的日曆所顯示的今日日期。

暑假在今天結束，明天就是要跟大家碰面的開學典禮了。

「對……對對……對喔……！」

即使像是祈禱般凝視著日曆，這殘酷的現實還是不會改變。

在夏天即將結束時到海邊玩來創造一個美好的回憶，然後好好休息一天再迎接開學典禮——事到如今才想起來新濱同學是在這樣的計畫下選擇出遊的日期。

「啊……啊啊啊啊……！該……該怎麼辦才好？我……我沒有臉見新濱同學了……！」

在毯子罩頭的扮鬼狀態下抱住頭，急得手足無措的我只能在床上滾動。

＊

學校的中庭裡，紫条院同學正處於前所未見的狀態之中。

滿臉通紅的她在用雙手覆蓋住臉部的狀態下彎曲膝蓋蹲了下來，無法承受羞恥感而全身不停地發抖。

但在知道原因的現在，就覺得也難怪她會表現出這種模樣。

前天在海邊喝醉了的紫条院同學真的太猛了，一旦想起當時的事情，個性認真的她也只能苦悶地扭動身軀了。

終幕2

夏天結束，新的季節與階段的開始

「啊……那個，紫条院同學？雖然妳說還記得在海邊喝醉時的事情，不過妳大概記得多少……」

煩惱了許久該如何對她搭話之後，認為應該先確認現狀的我怯生生地這麼問道。

如果只是記得一丁點丟臉記憶的話，那就還有救……

「…………部喔……」

「咦？」

「全部喔……！不論是嬉鬧著抱住你、希望在沙灘上追逐，還是跟新濱同學抱怨太見外了的事情全都記得一清二楚……嗚哇啊啊啊啊啊啊啊啊啊啊嗯！」

「這個嘛……那個……嗯……」

紫条院同學自暴自棄般發出悲嘆叫聲，我卻找不到可以安慰她的話語。

這樣啊……全部嗎？

「所以今天早上才沒有臉見新濱同學……！至今為止的人生裡面，今天早上是我第一次認真想要裝病來請假！」

地上要是有洞的話馬上想鑽進去般，噙著淚水的紫条院同學不停地嘆息。

從這個認真的少女嘴裡會出現裝病請假這個詞來看，就能清楚地了解到她有多不想跟我碰面了。

「哎……哎呀，別那麼在意嘛。銀次他們也喝醉了，那個時候的記憶似乎都很朦朧，說起來那種喝醉的模樣根本不算什麼。我知道的醉漢裡面，有人甚至會摸著上司的禿頭並且大叫著『課長，又光又亮的模樣真的很驚人呢！下一屆奧運會的冰壺會場就決定是這裡了！』喔！」

對於知道大量社會人士酒後失敗談的我來說，老實說那種程度的事情根本不算是什麼醜態。

其他還有緊抱住電線桿擺出蟬一般的姿勢無法動彈的傢伙、誤以為是自宅而闖入別人家裡的傢伙，另外像是開始破壞居酒屋的杯盤而鬧到警局的案件也很麻煩。

甚至還有在人來人往的大路上大叫著「驚人的烏托邦——————！」這種謎樣言詞，並且只穿一條內褲來持續拍打著自己屁股的傢伙。

「嗚嗚……舉如此特殊的沒用大人作為例子不會讓我覺得輕鬆一些……！新濱同學只是因為很善良才沒說出口，內心一定覺得我是個很丟臉的女孩子！」

（這絕不是什麼特殊的例子，然後大人確實大部分都是沒用的生物……嗯，先不管這個了。）

看來紫条院同學已經陷入恐慌狀態，這時她正用像是喝醉般的口氣含淚說出這些話。

似乎是因為醜態（本人自己認為）畢露而產生強烈自我厭惡的念頭。

「啊，那個……其實我反而覺得很高興。」

終幕2
夏天結束，新的季節與階段的開始

「咦……？」

雖然將這件事說出口很讓人害羞，但我還是搔著頭說出沒有絲毫虛假的真心話。這時紫条院同學像是無法理解我這麼說的意思，從覆蓋住臉部的雙手底下露出的眼睛眨了一眨。

「沒有啦，那個時候不是對我說『太見外了』嗎？如果那是真心話，也就是說……可以用比現在更輕鬆一些的態度來跟妳相處。」

「啊……」

紫条院同學的臉越來越紅。我不清楚是因為回想起自己酒醉時的行動，還是除此之外的其他理由。

「對紫条院同學來說可能不願意再想起那種放飛自我的模樣……但正因為是喝醉而解放心靈時所說的話，我才會這麼高興。」

酒會解開心靈的束縛而顯露出真心。

在這樣的狀態中，紫条院同學雖然因為酒醉而口齒不清，不過卻一直展現出對我的好感。

那樣我怎麼可能會不感到高興呢。

「……是真的嗎？不會覺得我是喝醉酒而搞砸事情的丟臉女孩嗎……？」

紫条院同學以因為眼淚而濕潤的眼睛往上看著我，臉上露出小孩子對父母詢問「沒有生氣嗎？」時的表情。

那種可愛的模樣完全射穿了我的男人心，只能用上源自大人的精神力來不表現在臉上並且用力點了點頭。

「嗯……是啊，千真萬確！說謊的話看是要吞一千支針還是連上一百天班都可以！」

「一百天班……？但……但是……這樣啊，既然新濱同學這樣說的話……好的，我相信你。」

這麼說完後，紫条院同學就搖搖晃晃地站起來。

因為羞恥而受到的精神傷害似乎尚未完全消失，雖然臉頰仍然泛紅，不過看起來內心應該讓整件事情告一段落了。

「嗚嗚，抱歉……明明我應該為躲著你而道歉，卻反而被你安慰……我今天真是一直像一個鬧彆扭的小孩子一樣麻煩耶……」

紫条院同學雖然這麼說，但是對於知道各種類型「麻煩人士」的我而言，只能說今天的紫条院同學也跟平常一樣可愛。

「但是……也因此而放下心頭的重擔了。到了現在終於搞清楚，我是害怕露出那樣的醜態後，新濱同學會討厭我。」

恢復成正常模樣並且露出微笑的紫条院同學，往前一步縮短了與我之間的距離。

雖說飲酒完全是事故，卻意外帶來了酒聚的效能——據說在放鬆狀態下進行交流能夠拉近

終幕2
夏天結束，新的季節與階段的開始

心理上的距離。

「那個，雖然很害羞……不過那個時候說的確實全部是真心話。新濱同學總是對我相當客氣……但是可以更像朋友一點，以輕鬆的口氣跟我說話喔。」

「呃，嗯……那個，我會努力。」

紫条院同學怯生生這麼對我說著的可愛模樣讓我不知道該做何反應，好不容易才吞吞吐吐地這麼回答。

到剛才對方都還因為羞恥而縮起身體，現在卻變成我的心臟一直怦咚亂跳，這到底是為什麼呢？

「這樣的我——今後也要請你多多指教嘍，心一郎同學。」

「——嗚！」

聽見她像在耳邊呢喃時那樣叫著自己的名字，讓我不由得瞪大眼睛。

一看之下，紫条院同學正在我身邊露出恬靜的微笑。

只是帶著真摯的好感叫出我名字的少女，像要表示在海邊的那一幕是出自真心般，臉上露出有點害羞的表情——但又像是覺得自己脫口而出的聲響很好聽般，浮現出靜謐的笑容。

（啊啊，對喔，是啊……）

毫不猶豫地展現自己的好感正是這名天然呆大小姐獨特的個性。

對於我來說，原本認為在那個海灘的事情不過是喝酒帶來的暫時性情況……

「啊、嗚……那個，嗯，我才要……」

在暑氣稍微緩和的天空底下，我跟那個時候一樣開始含糊其辭。

我跟紫条院同學不一樣，是一個充滿煩惱……也就是非常在意自己戀情的人，因此無法輕易地說出那句話。

但是——希望跟紫条院同學的關係能更進一步的願望，給我的心帶來了勇氣。

「那個，我才要請妳……」

紫条院同學看著開口的我。

她的眼裡像是帶著濃厚的期待……希望不是我看錯了。

「我才要……請妳多多指教呢，春華。」

「……！好的！」

眼睛閃閃發亮的春華用力點點頭，臉上露出燦爛笑容來展現她的喜悅。

充滿活力的模樣看起來更勝於開在炎熱夏日的向日葵——發出宛如真正的太陽一樣的光輝。

後記

■突破第三集之牆！

這次非常感謝您購買這本《原本陰沉的我要向青春復仇》第四集！

另外，現在作者正處於猛烈的感動狀態。這是因為，作為作家出道後這是首次有商業作品超過三集！

輕小說業界存在被稱為「第三集之牆」的門檻。即使出版了一～三集，還是遭到腰斬的苦難而無法推出第四集……這就是從吞下這種眼淚的作家們的嘆息中誕生的名詞。

我成為作家後也經過很長一段時間了，第三集果然是一道牆。要說到出道作在第三集結束時有多麼懊悔……

但那樣的我也終於突破了這道牆，順利出版了第四集了！太棒啦！

■充滿海邊場景的一集！

那麼，正如第三集所預告的，本集是充滿海邊場景的一集。

後記

既然在海邊那就會有泳裝。也就是說，能夠請插畫家たん旦老師創作女主角穿泳裝的畫作……！

在我寫這篇後記的時候仍未能看見作品，不過我從現在就很期待了。責任編輯跟我都興奮且開心地想著要請老師幫忙畫出哪個部分的插畫。

能夠將自己內心想像出來的世界變成插畫就是輕小說作家的特權……！

我覺得海邊的場景果然就是正義。

■一～三集全集再版！

閱讀ＷＥＢ版的讀者可能不知道，不過本作的書籍版一～三集全部再版了！太棒啦啊啊啊啊啊啊啊啊啊啊！

還是跟大家說明一下，再版就是「出版的書籍比想像中賣得還要好，書不夠了所以增印」的意思。

至於再版會怎麼樣嘛……作家除了知道書賣得很好之外還能獲得追加的報酬，所以感到很開心；出版社因為自家商品的銷售佳績而感到開心；對於讀者來說也能因為閱讀的書不會遭到腰斬而很開心，再版就是能實現這麼一個非常善良的世界。

再版就是讓跟該部作品相關的所有人都幸福的魔法名詞。

另外，青春復仇第五集之後的集數遭到腰斬的動靜也因為這次的再版而消失了。再版最棒了！再版最棒了！你也來大叫再版最棒了吧！

■漫畫版第一集正發售中！

如果出版日期沒有變更的話，那麼本作的漫畫版（在月刊Compace連載中）單行本第一集將在五月下旬發售！（註：此指日版發售時間）

得知自己的作品獲得漫畫化並且刊載在雜誌上的時候，真的非常高興，變成單行本後當然也很開心！真的很感謝負責的伊勢海老ボイル老師將原作忠實地描繪出來。活在漫畫裡的春華與香奈子真的很可愛！請大家多多支持！

■謝詞

非常感謝Sneaker文庫的責任編輯兄部小姐。抱歉傳了三萬字的青春復仇最後構想大綱給您。

插畫家たん旦老師。謝謝您總是創作出那麼完美的插畫。這本第四集我是一邊妄想著たん旦老師的插畫一邊創作的。

負責漫畫化的伊勢海老ボイル老師。單行本作業辛苦了。總是在草稿階段就提出各種修正

的請求，真的很抱歉。

最後是以購買來支持，甚至讓本作能得到再版這種結果的諸位讀者……哎呀，真的不知道該如何表達我的感謝之意才好。

本作的死忠書迷相當多，才會有一般來說不可能出現的銷售額。因此說是各位救了這部作品也一點都不誇張。

真的、真的太謝謝大家了。

■那麼我們第五集見！

第五集將會是感情稍微有些進展的心一郎與春華有許多甜蜜交流的一集。請大家期待第五集的推出吧！

慶野由志

鄰座的不良少女 清水同學染黑了頭髮 1~2 待續

Kadokawa Fantastic Novels

作者：底花　插畫：ハム

我把頭髮改綁成你喜歡的髮型……你說點什麼啦。反差萌戀愛喜劇第二集！

正當清水圭和本堂大輝對自己的心情變化感到困惑時，受到清水愛請求加入天文同好會。於是開始社團活動。在這樣的日子裡，正在睡覺的清水同學身旁，大輝被問到喜歡的異性髮型，便回答喜歡公主頭。於是隔天清水同學就綁成大輝喜歡的髮型來到學校……

各 NT$240/HK$80

我和班上第二可愛的女生成為朋友 1~4 待續

Kadokawa Fantastic Novels

作者：たかた　插畫：日向あずり

大受歡迎的戀愛喜劇動畫化企畫進行中！
真樹與海迎接意想不到的二年級新生活！

儘管兩人被分到不同的班級，不過上學前仍然是真樹與海的寶貴相處時間。新的互動方式很新鮮，被海的新朋友視為「海的男朋友」，真樹的人際關係也有所拓展。在自己班上也有新的相遇……眾人之間既有合作也有碰撞。青春與戀愛萌芽的第四集！

各 **NT$250~270/HK$83~90**

國家圖書館出版品預行編目資料

原本陰沉的我要向青春復仇 ： 和那個天使般的女孩一起Re life/慶野由志作；周庭旭譯. -- 初版. -- 臺北市：臺灣角川股份有限公司, 2024.06-
冊； 公分. -- (Kadokawa fantastic novels)
譯自：陰キャだった俺の青春リベンジ：天使すぎるあの娘と歩むReライフ
ISBN 978-626-400-087-1(第4冊：平裝)

861.57 113005003

Kadokawa Fantastic Novels

原本陰沉的我要向青春復仇 4 和那個天使般的女孩一起Re life

（原著名：陰キャだった俺の青春リベンジ 4 天使すぎるあの娘と歩むReライフ）

2024年6月24日　初版第1刷發行

作　者：慶野由志
插　畫：たん旦
譯　者：周庭旭

發行人：台灣角川股份有限公司
總編輯：蔡佩芬、朱哲成
主　編：林秀儒
設計指導：陳晞叡
美術設計：宋芳茹
印　務：李明修（主任）、張加恩（主任）、張凱棋

發行所：台灣角川股份有限公司
地　址：104台北市中山區松江路223號3樓
電　話：（02）2515-3000
傳　真：（02）2515-0033
網　址：www.kadokawa.com.tw
劃撥帳戶：台灣角川股份有限公司
劃撥帳號：19487412
法律顧問：有澤法律事務所
製　版：巨茂科技印刷有限公司
ISBN：978-626-400-087-1